Terra se meurt

Hôdo, la légende

Volume V

Table des matières

Chapitre 1.- 'annonce

— Vous en êtes sûr ?

— Absolument, Commandant !

— Des risques de perturbations dans nos conduits X2-plasmiques?

Ces conduits étaient en fait des trains balisant en permanence les routes les plus rapides et sûres à emprunter entre des points éloignés de la Galaxie. C'était une technique mise au point pour assurer un voyage commençant et finissant en des endroits précis. Comme tout est mobile dans l'espace, il fallait en permanence recalculer les trajectoires complexes dans l'espace-temps.

— Non, vous savez qu'ils passent loin dans le passé. La Terre n'est pas encore détruite.

— Certes, pourtant, un phénomène d'une telle ampleur... cet objet aurait pu déjà frôler nos conduits du passé... sé...

— Et, les Terriens, sont-ils au courant ?

— Oui et non. Ils ont des experts qui aboutissent aux mêmes conclusions que nous, d'autres avec le talent inégalable et l'aplomb superbe des Organos prouvent le contraire quand ils ne nient pas purement et simplement l'existence de cette masse noire errante.

Le Commandant de Hôdo fit la moue et jeta un regard interrogateur à l'assemblée. Seuls, les Synths ne manifestèrent aucun sentiment, mais les autres, les Otros surtout, affichaient plus d'inquiétudes.

« Commandant » désignait les deux représentants de la planète, non parce qu'ils commandaient les Hôdons, mais parce qu'ils avaient pour mission de sauvegarder leur monde comme un vaisseau spatial. C'était une vieille tradition qui remontait à la naissance de Hôdo, lorsque le commandant du Livingstone guida les pionniers vers une nouvelle vie, laissant derrière eux la très lointaine Terra.

Le Synth qui rapportait la situation se tenait debout impassible devant le grand conseil qui réunissait les représentants Organos des deux sexes des sept assemblées, les coordinateurs des plans, les délégués otros et la doyenne des Synths.

Les grands conseils, ceux qui rassemblaient tous les élus, étaient rares. Les Hôdons formaient une communauté acratique, c'est-à-dire une communauté sans hiérarchie de domination.

Un Otros leva un bras verdâtre comme une crosse de fougère se déroulant en accéléré. Avec une voix fluette, la nymphe tenta de détendre l'atmosphère lourde :

— Mais, Terra a encore un siècle pour trouver une solution, une parade à cette catastrophe, n'est-ce pas ? Un siècle...

— C'est court ! coupa son voisin, un Otros cyborg à la voix amplifiée par une cage thoracique puissante qui donnait une résonance orageuse.

— Mais, reprit gentiment la nymphe.

— Non ! coupa encore l'homme à la carapace d'écailles. Avant que les Terriens ne se décident à bouger, ils y auront perdu un demi-siècle. Après ce sera la folie. Je vous le dis, moi.

— Nous y avons déjà pensé, poursuivit la vieille Synth recouverte d'une large capuche sous laquelle le masque blanc, symbole de sagesse, était à peine visible. En effet, parmi les experts qui annoncent la catastrophe, il y a les nôtres.

Tous les visages convergeaient vers elle. Pas un Hôdon ne connaissait son visage, car tous étaient nés alors qu'elle revêtait déjà l'uniforme de La Doyenne. Les Synths femelles étaient souvent des femmes très charmantes, quelle que soit la peau qu'elles adoptaient, miss Organos ou anges « kosupure ». Mais on disait que les anciennes devenaient souvent laides. Sinon, pourquoi seraient-elles toujours revêtues d'une combinaison spatiale ? En fait, aucun non-Synth ne savait à quoi ressemblait La Doyenne toujours enveloppée dans une longue pèlerine blanc cassé tombant jusqu'au sol, nouée à la taille par une épaisse corde tressée et surmontée d'une large capuche. D'ailleurs, seuls la voix et le galbe discret du tronc indiquaient qu'il s'agissait bien d'une gyno, une femme, contrairement à l'andro qui restait debout, impassible au milieu de l'assemblée.

Les Synths qui vivaient incognito sur Terra devaient passer inaperçus et donc ressemblaient à des humains sains et non mutants, les Organos, comme disaient les Hôdons. Certains d'entre eux avaient ainsi gouverné sur deux empires sans qu'aucun terrien, en dehors d'un tout petit comité de complices, connût leur véritable nature.

Les autres Synths, celles qui servaient « officiellement » sur Terra, portaient toujours la peau et la tenue de « kosupure », une tradition qui remontait à l'époque de l'ère Heisei, lorsque la jeunesse nipponne manifesta les bouleversements du troisième millénaire en exprimant leurs rêves habillés de criardes tenues légendaires. Ainsi, affublés, ces Synths rassuraient les Terriens qui ne voyaient toujours en eux que des robots très — trop ? — sophistiqués.

Peu à peu, les « kosupures » avaient fait leur apparition sur Hôdo et Chica. C'était souvent des anges gardiens qui choisissaient toujours des héros sympathiques et rassurants. Certains se risquaient même à prendre des airs plus effrayants, et pourtant, il n'y avait pas plus pacifiques que les Synths.

Cela n'empêchait pas qu'elles aient tenu les rênes de deux empires de Terra pendant des décennies. Leur sérénité était leur force.

Un Otros difforme murmura à l'oreille de son voisin, l'homme à la carapace qui se fit aussitôt son porte-parole :

— Cela ne nous rassure pas. Nous pensons que dans ce cas, la folie des hommes risque de commencer tout de suite.

La Commandante ne put s'empêcher de sourire, car l'Otros, un terme choisi par les parahumains pour se désigner, était particulièrement méfiant des Organos de Terra, les prétendus uniques humains. Mais tout le monde ici, le comprenait, car les Otros étaient le résultat d'expériences de tout type par les apprentis sorciers terriens. Aussi, la majorité des Organos hochèrent la tête pour marquer qu'ils partageaient les craintes du mutant.

— Nous n'avons pas le choix, reprit la Doyenne, nous devons protéger les humains. Or, nous estimons que nous n'avons qu'un siècle pour évacuer sans danger la planète. Au-delà, nous ne savons pas ce qui se passera. Le corps est suffisamment volumineux pour bouleverser le système Sol même si la Terre et le Soleil ne sont pas touchés directement.

— Mais comment se fait-il que personne n'ait vu la chose plus tôt, demanda un Organos grisonnant ? C'est tout de même plus gros qu'un astéroïde !

— On peut dire qu'il s'agit d'un astéroïde galactique en quelque sorte. L'analogie semble adéquate, en effet, répondit La Doyenne. Il s'agit d'un corps qui est une nuée gigantesque de cailloux, de poussières. Peut-être qu'à l'intérieur de cette masse opaque y trouverions-nous des rochers énormes de la taille de nos lunes, mais il nous est impossible de le préciser. Ce grumeau de soupe cosmique qui semble être à la dérive n'était pas facilement repérable. Ce n'est pas un objet compact et en plus il est relativement obscur et froid. Il s'en suit qu'il est difficile de mesurer sa vitesse et d'en déduire une trajectoire. De plus, le hasard faisait que derrière, une large zone de matière noire la dissimulait de telle sorte que c'est vraiment tardivement que les astronomes ont pu la différencier du fond.

De toute manière, aucun projet n'aurait pu dévier une telle masse dont le diamètre dépasse celui de l'orbite terrestre.

La seule solution restante est la fuite, l'abandon de la planète Terra, même provisoirement, au cas où le système Sol y survivrait, ce qui est quasiment improbable.

Une Mère veilleuse, une Organos récemment élue dans ce comité, se leva timidement de peur que sa voix ne portât pas. Elle regarda, hésitante, les deux autres Mères présentes, la Doyenne et la Nymphe, comme pour puiser dans leur regard le courage de parler devant cette assemblée d'exception, ce qui était vain, car le visage de la Doyenne restait dans l'ombre et les yeux verts de la femme plante n'exprimait qu'une indéfinissable mélancolie.

— Mais... bégaya-t-elle, un siècle, ça ne fait même pas quarante mille jours. Il y a plus d'un milliard d'habitants, cela représenterait...

— 26 484 personnes par jours dans l'hypothèse de quatre mille jours d'évacuation, calcula immédiatement l'andro

— Vous vous rendez compte ? continua-t-elle, c'est impossible! Il faudrait un flux, un flux...

Elle fixa l'andro qui comprit et continua pour elle :

—... Un flux migratoire de 7,36 personnes par secondes.

— Ce qui est impossible, conclut la Mère.

— Oui, continua, imperturbable, l'andro, surtout si l'on tient compte que votre estimation est très, trop, simplifiée. Car pendant que nous ramenons les Terriens, d'autres continueront à naître.

— Ramenez ? Tonna l'homme d'acier. Ramenez ? Vous n'y pensez pas !

Un lourd silence tomba sur l'assemblée. Le Terrien était redouté, voire considéré comme un ennemi potentiel. Ses coutumes étaient si différentes et il était si envahisseur, si dominateur qu'il risquerait bientôt de se comporter en colonisateur s'il émigrait en masse.

Pourtant, sauf peut-être pour les parahumains, c'était un « frère » et décemment, les Organos hôdons ne se sentaient pas le droit de l'abandonner à son impitoyable sort.

L'Otros qui avait chuchoté plus tôt se pencha à nouveau vers son voisin pour lui chuchoter son avis :

— Même en décontaminant tous les seamorgh'N, il faudrait pas moins de trois semaines pour transporter quelque 7000 terriens. C'est impossible de sauver toute la population.

En effet, les seamorgh'N, trains de l'espace dont la locomotive et les wagons étaient respectivement les milanautes, des vaisseaux de guerre, et des astrolabs, des unités de vie, étaient la plupart du temps réquisitionnés pour déverser les poubelles toxiques dans le Soleil.

— Qu'importe le rythme, continua en son nom l'Otros « consolidé », ce serait aussi la fin de notre monde ! Aucune de nos valeurs ne serait respectée.

Sans s'arrêter sur les propos désespérés de celui que tout le monde surnommait le vieux cyborg, La Doyenne reprit la parole avec le même calme serein que les années n'altéraient plus.

— Nous avons pensé à ce problème. Nous ne pourrons jamais dans l'état de nos connaissances actuelles déplacer une telle population. Mais, imaginez que les Terriens ne procréent plus. D'ici un siècle, la planète sera pour ainsi dire vidée. Voilà donc la solution : il faut commencer par déplacer les plus jeunes. Nous avions pensé aux nouveaux nés avec leurs parents. De plus, cela pourrait être une mesure impartiale, car les naissances se font aléatoirement dans n'importe quel milieu social puisque pour maintenir un niveau de vie écologique acceptable, les Otros n'acceptent qu'un enfant par personne.

— Oui, mais si l'on fait cela ainsi, et qu'ils sont au courant, mmm ? Il va y avoir un baby-boom pour profiter du voyage. Je vous le dis, moi, reprit le cyborg. D'ailleurs, savez-vous quel est le taux de naissance ? Alors, mmm ? Un bébé, plus une soeur ou un frère, plus le père et la mère, ça fait déjà quatre personnes... Il faudra vraiment vous dépêcher pour que les bébés n'aient pas le temps de devenir pubères ! Pourquoi ne pas proposer un loto, hein ?

— Si je devine bien tes pensées, on abandonne sur Terra ceux qui ne procréeront plus. C'est ça ? demanda le Commandant à La Doyenne.

— Hélas, nous n'avons vraiment pas le choix, c'est la meilleure solution que nous avons trouvée. D'ailleurs, on ne les abandonnerait pas, du moins les générations contemporaines, car les anciens mourraient tout simplement de vieillesse et cela dans leur monde avec leurs habitudes et souvenirs. Rien de dramatique pour l'instant. Pour le reste, nous devrions lancer une simulation, mais vu le caractère imprévisible de l'humanité...

— Ah ! Parce que vous croyez en vos plans utopiques, ma chère, ironisa le cyborg. Les Organos ne sont pas assez stupides pour ne pas se rendre compte assez vite que quelque chose d'anormal se passe. Eux aussi recensent les naissances... et les disparitions.

— Nous y avions songé, il nous suffit d'ajouter une perturbation aléatoire pour brouiller les statistiques. Dans tous cas de figure, nous devons sacrifier les plus de quarante ans. Ceux qui ont trente ans aujourd'hui, et qui n'auront pas été évacués dans les dix années à venir ne le seront plus jamais.

— Mais c'est monstrueux de jouer avec la vie des gens comme s'il s'agissait de vulgaires tomates ! s'indigna la jeune Mère veilleuse.

L'expression d'origine terrienne était de « vulgaires automates », mais sur Hôdo l'expression s'était transformée par respect pour les Synths bien que ces derniers n'auraient pas un seul instant ressenti la moindre insulte. Et combien même, leur tempérament pacifique ne les aurait pas fait réagir ! Sur Terra, il était tellement fréquent de voir un mot anodin devenir le pire opprobre que l'habitude était restée chez les Hôdons d'éviter ce genre de situation, même vis-à-vis d'un Synth qui était des êtres sensibles malgré leur palette de sentiments réduite.

La Doyenne expliqua, probablement affligée malgré l'impassibilité de son masque et de sa voix qui ne connaissait presque jamais les étranglements de l'émotion :

— Non, j'insiste, il ne s'agit pas de sacrifice, ni d'abandon. Mais réfléchissez un peu, ceux qui naissent aujourd'hui seront vraisemblablement morts dans un siècle en laissant derrière eux une progéniture que nous n'aurons peut-être pas eu le temps d'évacuer. Si nous vidons la Terre de ses procréateurs, la population à évacuer s'amoindrira plus vite et les générations futures seront en quelque sorte émigrées à l'avance. D'autre part, nous ne leur offrirons pas un paradis, et s'ils le savent, ceux qui partiront se sentiront peut-être plus sacrifiés que les autres.

— Certes, répliqua l'un des membres de l'assemblée, mais la légende, notre légende, celle d'un paradis, a persisté dans leur mémoire, et comme toute légende, elle déforme la réalité. Les Terriens sont persuadés que notre planète est une éternelle et accueillante verdure où il n'y a qu'à se baisser pour manger à sa faim, sans autre souci que celui de se mettre à l'abri des ondées qui arrosent régulièrement nos jardins.

— Jusqu'à présent, nous avons toujours accepté d'accueillir tous les Terriens qui le souhaitaient et qui prouvaient leur intégration, dit la commandante en voyant le cyborg se lever pour émettre une autre contestation.

— Et que faisions-nous de ceux qui ne s'adaptaient pas à notre style de vie ? questionna l'homme qui refusa de s'avouer vaincu.

— Nous les renvoyions...

— Sans plus... Nous n'avions pas un traitement adéquat ?

— Uniquement pour ceux qui refusaient nos lois. Nous effacions le souvenir de leur séjour. Nous ne voulions pas qu'ils souffrent en se rappelant Hôdo comme d'un paradis dont ils auraient été chassés.

— Pour qu'ils ne souffrent pas ? Ou pour qu'ils ne soient pas une source de problèmes pour nous ?

— Les deux, Mago Dioz ! répondit le Commandant.

De toute évidence, le cyborg s'était choisi un nouveau nom adapté à sa nouvelle structure, mais personne ne savait exactement à quoi elle se référait.

— D'accord ! Mais jusqu'à présent, nous pouvions nous permettre une phase probatoire, car la migration était faible. Il s'agit d'un raz de marée maintenant. Je ne suis pas un expert en la matière, mais j'imagine qu'au dessus d'un certain seuil nous serons débordés et en danger. Quand je parle de manque de compétence, il s'agit du domaine socio-politique, car dans celui de la microbiologie, spécialité qui était mienne avant ma maladie et ma « récupération », nous savons tous que nous hébergeons des entités qui vivent en symbiose avec l'organisme tant qu'un certain seuil n'est pas dépassé. Au-delà, l'hôte devient malade jusqu'à ce que le seuil redevienne non critique ou que la mort s'en suit. Parfois, le retour à la normale s'accompagne de dégâts irréversibles. Je crois en être un parfait exemple.

L'assemblée garda le silence quand Mago Dioz se tut. Tout le monde savait que les « cyborgs » étaient souvent des abus thérapeutiques pour sauver parfois la seule partie saine d'un Organos, son cerveau. En général, ces cerveaux privés de communication n'avaient pas la possibilité de mettre un terme à l'acharnement thérapeutique. Peu nombreux étaient ceux qui acceptaient leur nouvelle vie dans un corps en grande partie synthétique. Encore fallait-il que ces rafistolés soient acceptés par ceux qui se targuaient d'être normaux. La plupart rejoignaient les bannis, mutants, clones, échecs de laboratoires, voire échecs de la nature. Cette population, les Otros, était sous la protection des Synths. La majorité vivait sur Chica, la planète suivant Hôdo dans le système Intirayo, loin du contact des « normaux », car même les Hôdons leur rappelaient de trop mauvais souvenirs.

— Hôdo est grand, il y a de la place, se risqua la nymphe.

— Hôdo est petit avec ces vandales. Ils iront partout comme de la vermine, répliqua immédiatement Mago Dioz. Mais vous ne voyez pas toutes les conséquences de votre générosité pour ces Organos qui furent souvent le malheur de nous tous. Par exemple, que deviendront les Otros dans ce flux migratoire ? Vous donnerez priorité à la famille ayant des enfants, mais vous n'ignorez pas que beaucoup d'entre nous sont stériles. Donc n'ayant pas d'enfants, il n'y aura plus de place pour voyager. Plus de terre d'asile pour nous ! Et même sans cela, comment trouverions-nous une petite place où nous glisser pour le grand départ. Encore, faudrait-il passer inaperçu la plupart du temps, si l'on ne souhaite pas provoquer la panique et se faire ensuite incinérer au lance-flamme.

Le Commandant regardait avec sympathie ce couple d'Otros qui ne cessait de se contredire. Il exprimait les sentiments antagonistes que toute l'assemblée partageait.

— Si ce n'est sur Hôdo même, pourquoi ne pas les stationner alors sur Chica sous la surveillance des Synths ? Proposa la Jeune Mère. Ils ne pourront pas facilement se déplacer à cause des mers de sable mouvant.

— Nous ne pouvons donc pas les y envoyer, c'est trop dangereux pour eux, intervint La Doyenne avant le cyborg qui avait déjà ouvert la bouche et qui, en un clin d'oeil, changea de contestation.

— Ce ne l'était pas pour nous, s'offusqua-t-il ?

— Nous vous protégions et vous n'étiez pas nombreux.

— Enfin, il vaut mieux ça ! C'est vrai que c'est invivable pour les Organos tant qu'ils ignoreront que nous avons réussi à rendre fertiles, voire agréables, certaines zones. Ils seraient bien capables de nous chasser de nos terres pour s'en approprier.

— Et les zones tempérées d'Ariane, demanda Mago Dioz après que son compagnon lui eût soufflé la question.

— Mais l'atmosphère est irrespirable ! s'exclama la Commandante.

Le système Intirayo ne comptait que trois planètes, toutes sensiblement de la même taille et de deux ceintures d'astéroïdes. Celle de l'extérieur était très étendue et sa masse totale équivalait à celle de Jupiter et Saturne réunis. L'autre, entre Ariane et le soleil était beaucoup plus étroite et était composée de roche. Hôdo se trouvait entre Chica, légèrement plus petite, et Ariane, encore plus petite. Cette dernière était très chaude et irrespirable. Seules les zones boréales pourraient être aménagées, mais au prix de quel effort.

Parmi toutes les planètes où l'humain pourrait vivre en dehors des systèmes Sol et Intirayo, il n'y avait que Jigoku et Poséidon. Les Hôdons s'étaient engagés à ne jamais intervenir dans les affaires des Driiis et des Jikogus, et les contacts étaient réduits à des visites de courtoisie quelques fois par an. Il était donc impensable de leur parler de colonie, c'eût été trahir la parole donnée.

Il ne restait plus que la planète complètement recouverte par les eaux, baptisée du nom d'un dieu des mers et des océans. Poséidon était une bonne solution, mais il fallait dans ce cas construire des villes flottantes. L'atmosphère plus pauvre en oxygène ne permettait pas d'héberger, dans un premier temps au moins, des colons avec des faiblesses cardiaques, d'autant plus que la pesanteur était légèrement plus élevée que sur Terra.

S'il fallait construire des cités pour accueillir les humains, il était indispensable de penser à la métallurgie. Héphaïstos, une planète découverte par Hôdo, n'était qu'un magma en ébullition et permettrait d'obtenir des métaux, car l'humain, les Organos, les Synths et la plupart des Otros ne pouvaient créer de civilisation sans métallurgie.

En résumé, en plus de transporter des gens, il fallait transporter du matériel en quantité suffisante pour réaliser toutes ces constructions, ce qui rendait encore la tâche plus ardue. Cela voulait dire plus d'énergie. Et tout cela devait se préparer tout d'abord sur Terra. C'était un travail de Titan.

Il était rare de voir un Synth triste ou découragé, mais les membres de l'assemblée étaient en droit de supposer que La Doyenne avait la même expression que le messager.

— Bon, fit le cyborg, c'est vrai qu'il faut se méfier de ces gens, mais, Doyenne, si cela peut vous rassurer, nous les Otros vous aiderons. N'oubliez pas que nous avons quelques qualités que vous n'avez pas.

— J'approuve, s'exclama, joyeuse, la nymphe. Toutes les miennes iront préparer Poséidon. Nous n'avons pas les mêmes besoins en oxygène et nous sommes plus légères que l'eau.

— Non, vous n'irez pas tant que nous n'aurons pas assuré que ce monde n'est pas dangereux pour vous.

— D'accord, conclut la Commandante, je crois qu'avant l'arrivée des premiers Terriens, nous aurons encore beaucoup de travail. En attendant, il faut continuer la migration habituelle vers nous. Mais cette fois, ceux qui n'accepteront pas notre civilisation ne seront plus renvoyés vers Terra, mais vers Ariane.

Chapitre 2.- Diana

Diana, la Lune principale de Hôdo servait déjà depuis longtemps de zone de transit entre le système Sol et Intirayo. Elle reliait directement Titan, le satellite de Saturne aménagé pour héberger des humains. Les alentours de Terra étaient trop fréquentés pour y installer un conduit stable et fiable sur un si long trajet créé et maintenu par les Synths pour transporter en très peu de temps des personnes et du matériel.

D'un côté, les conduits se dirigeaient vers Titan, Terra et Luna, et de l'autre, c'était vers Hôdo, Chica, ainsi d'ailleurs que vers toutes les nouvelles planètes explorées. Les lunes avaient l'avantage du poids réduit pour toute manutention, ainsi que pour l'envol à moindre énergie des vaisseaux qui devaient utiliser une propulsion standard pour rejoindre leurs conduits ou leur planète mère.

Diane était ainsi un gigantesque aiguillage entre les différents systèmes, mais le conduit vers celui de Sol était dimensionné pour transporter une personne à la fois. Et même si les dimensions avaient été prévues pour un grand flux migratoire, la transition vers Titan était trop compliquée pour évacuer des populations et pour transférer de grosses structures. De plus, si l'assemblage de ces dernières pouvait se faire sur Luna avec les mêmes avantages que sur Diana, il n'en était pas de même sur le satellite de Saturne dont les conditions d'hébergement des humains étaient bien plus complexes.

Bien sûr, il existait des conduits bien plus gros, mais aucun ne rentrait en contact avec la surface d'un astre. Ils étaient même très éloignés. Mais, cette fois, l'urgence primait le confort de la sécurité. Aussi, il fallait créer tous les futurs conduits directement vers Terra et aménager Diana en station de transit. En attendant de transporter des personnes et du matériel, ils pourraient aussi servir dans un premier temps de pipeline destiné à alimenter en énergie les centres de constructions pour les équipements de colonisation. Les Terriens eurent sans doute pensé que c'était la moindre des choses que d'oser risquer un accident sur une lune.

Peu après la colonisation de Hôdo, il fut décidé pour des raisons écologiques que cet astre servirait à la fois de centrale d'énergie et de gare intersidérale. C'étaient les Synths qui s'y activaient principalement, car ils n'avaient pas besoin d'oxygène. Presque tous y passaient un séjour plus ou moins long comme s'il s'agissait d'un service civil à accomplir au moins une fois dans sa vie.

Il leur fallait des ordinateurs puissants pour contenir leur mémoire qui ne pouvait pas être localisée dans leur corps. Et les Synths qui passèrent sur Diana contribuaient selon leurs compétences à tisser le réseau de conduits, à maîtriser l'énergie stellaire, à améliorer le cerveau de l'astre et leur propre espèce. Ainsi, ils avaient maintenant une peau « vivante » et leur poids n'était plus que de 25 % supérieur à celui des Organos, c'est-à-dire le même que celui des cyborgs les plus légers.

Depuis qu'ils avaient trouvé l'idée de transporter l'énergie pour ainsi dire inépuisable de la galaxie, seules les limitations étaient écologiques afin d'éviter de réchauffer la planète. Déjà, certains Synths, toujours à l'affût de solutions, avaient imaginé un système de refroidissement par les conduits X2-plasmiques qu'ils étaient vraiment les seuls à maîtriser.

Grâce à cette énergie, un cerveau géant avait été construit pour les Synths qui continuaient à avoir besoin d'une extension à leur mémoire. Il était conçu par et pour eux et donc tout à fait adapté à leur nature. Ce n'était plus un ordinateur emprunté, il s'agissait maintenant d'un véritable ensemble de mémoires supplémentaires et personnelles utilisant en commun une gigantesque grappe de processeurs capables de maintenir la trajectoire de tous les conduits. Les androïdes n'étaient plus obligés comme à leur origine de partager leurs pensées et pourtant l'échange de connaissances était devenu bien plus performant.

Sur Diana, le port de combinaison spatial ne les gênait pas. Elle servait à atténuer les écarts de température qui ne leur étaient pas favorables et le vide qui vieillissait trop rapidement leur peau. Évidemment, ces combinaisons n'étaient pas aussi sophistiquées que celles des Organos et des Otros, car il ne s'agissait pas d'un système de survie. Les anges gardiens, comme s'appelaient souvent les Synths, pouvaient en effet évoluer dans le vide plusieurs heures avant de souffrir de détériorations cutanées. Le plus dangereux restait la température : trop élevée, elle grillait les circuits électroniques, trop basse, elle brisait les délicats circuits hydrauliques.

Mais le port d'une combinaison de survie était en revanche inconfortable pour les autres humains. De plus, il fallait régénérer ces combinaisons, aussi les habitations étaient prévues pour accueillir ces derniers. Ce n'était pas que des abris de fonctions, car elles étaient agréablement aménagées avec de nombreux jardins de styles différents.

Ce souci de complaire aux autres ne devait pas faire oublier que les Synths aussi avaient leur sens du beau. Les quartiers qui n'étaient normalement pas partagés avec les espèces organiques étaient aussi décorés, le plus souvent de motifs géométriques et de représentations de l'univers.

Les anges gardiens ne vivaient pas séparés des autres Hôdons, même s'ils n'avaient pas besoin de restaurant et de salle de repos, ils utilisaient les mêmes lieux de promenades et il leur arrivait même de partager un repas pour bavarder ou fêter un évènement.

Ils disposaient néanmoins d'un dortoir. Il n'était jamais éclairé artificiellement, mais le plafond était opaque à volonté, pouvant être translucide quand l'Intirayo brillait et complètement transparent dès que la nuit scintillait de mille étoiles. Parfois, ils pouvaient admirer le petit satellite naturel de la lune, Cristal, qui restait inexploitable, car sa structure essentiellement de glace rendait le sol instable en passant de l'ombre à la lumière.

Les pièces partagées par les autres Hôdons avaient peu d'ouverture sur l'extérieur, car ces derniers jugeaient le décor lunaire déprimant à la longue. D'ailleurs, les Organos se sentaient plus en sécurité profondément enfouis sous la surface. Pour les Synths, seules les salles de soin et de procréation, ainsi que le cerveau, étaient souterraines.

Mais le projet de sauvetage de Terra allait encore transformer Diana. Elle devenait plus que des zones de transit, ce seraient des lieux de haute technologie où toutes les maquettes, tous les futurs prototypes de l'exode humain seraient développés.

Les Synths ne se reproduisaient que lorsqu'il en fallait un autre. Cette fois-ci, ils devaient être nombreux pour sauver Terra. Diana se développait encore plus rapidement. Tous les efforts s'y concentraient à tel point que la pouponnière construite sur Chica fut reléguée et une autre reconstruite sur Diana.

La croissance appelant la croissance, elle était rapide quand les Synths s'y mettaient, il fut même développé des hôpitaux pour les Organos et Otros. Bien sûr, tous ces édifices étaient complètement dirigés et maintenus par les androïdes. La faible gravité avait même accru leur dextérité faisant d'eux de bons chirurgiens le seul talent médical qu'ils n'avaient jamais assumé avant à cause d'une relative inertie à la réaction.

Peu à peu, les anges gardiens abandonnèrent Chica aux Otros. Ceux-ci se débrouillèrent bien grâce aux Nymphes qui détectaient aisément les poches de sables mouvants et qui ne s'y noyaient pas comme les Cyborgs particulièrement lourds.

À l'origine, tous ces « modifiés » étaient hébergés sous la protection des Synths qui, dans leur soif de découvertes, commencèrent à explorer la planète voisine de Hôdo. Ensuite, afin de maintenir leurs protégés à l'abri des xénophobies, leurs anges gardiens avaient commencé à créer une cité souterraine. C'était déjà ainsi sur Terre où les Otros vivaient à l'écart des Organos dans les sous-sols abandonnés aux rats et au SDF des grandes métropoles.

Dès qu'ils furent accueillis par les Hôdons, ils cessèrent de vivre cachés. La « grande cathédrale », le site d'accueil original creusé dans la montagne, fut néanmoins terminée selon les plans de l'intérieur de Notre-Dame de Paris comme son architecte l'avait prévu et elle leur servait de lieu de recueillement et de pèlerinage.

Les Otros étaient classés en trois espèces.

L'espèce minérale était proche des Organos et des Synths simultanément. C'étaient des « cas d'étude » de cybernétisation. En fait, c'était souvent des expériences interdites faites sur des accidentés et des malades plus ou moins graves dont le cerveau était intact. Leurs caractéristiques n'étaient pas héréditaires, mais il était rare aussi que leurs organes reproducteurs fussent restés intacts. Ils étaient vus comme des êtres bizarres par les terriens, et finalement, rares étaient ceux qui continuaient une existence normale sur Terra.

L'espèce végétale était de loin la plus curieuse. Il n'y eut en réalité qu'une seule Nymphe de créée, et tous la crurent morte. En fait, elle survécut comme une plante que l'on rempote. Les rejets s'étaient montrés beaucoup plus stables par la suite. De plus, elle se reproduisait par marcottage ou par bouture. Jamais aucune autre tentative ne fut risquée. Personne ne savait en dehors des Hôdons que l'expérience de fabriquer un humanoïde avec des cellules végétales avait abouti. Les Synths en avaient soigneusement effacé toute trace.

Enfin, l'espèce animale, résultat de manipulations génétiques, était représentée par les mutants et les clones. Ces derniers, bien que semblables à n'importe quel Organos, souffraient souvent de graves problèmes psychologiques d'identité. Les clones rejetaient si souvent leur origine humaine qu'ils se sentaient plus proches des Otros. Les Hôdons ne s'efforçaient jamais à les rendre mieux dans leur peau. Ils savaient que cela arriverait tôt ou tard et que les clones étaient chez eux sur Chica comme sur Hôdo. De plus, une certaine connivence avec les nymphes leur faisait plus de bien que toute psychothérapie.

Quant aux mutants, il s'agissait d'« améliorations génétiques » qui avaient échoué. Les recherches sur les

« Organos génétiquement modifiés » étaient aussi illégales, sinon plus, que celles de faire des cyborgs, mais les lois, n'étaient-elles pas faites pour être contournées ? Les mutants avaient souvent des qualités diverses, mais hélas, leur aspect dérangeait plus que leur qualité. Peu d'entre eux n'étaient pas stériles. De plus, tous les croisements ne donnaient pas de résultats viables et quand il y en avait, la descendance était assez imprévisible.

Malgré ces différences, chacun trouvait sa place sur Chica. Les nymphes exploraient le terrain étrange de la planète aux mers de sable. Elles déterminaient quelles étaient les zones sèches et les zones trempées. Les clones, alors, jouaient les jardinières, plantant des végétaux adaptés à ce type de terrain pour délimiter les contours de ces zones, dangereuses pour les cyborgs et les Synths dont la densité était très supérieure à celle des Organos.

Les cyborgs s'occupaient généralement des tâches nécessitant à la fois grande précision et force manuelle. Les mutants, eux, faisaient des tâches diverses en fonction de leurs spécialités quand ils en avaient, sinon, comme disaient les Hôdons, sous l'Intirayo, il y avait place pour tous.

Ainsi, sous le soleil de Hôdo, il y avait pratiquement trois astres peuplés par trois groupes différents d'humains, depuis que les Synths avaient décidé de s'aménager la lune de Hôdo.

Pour toute autre espèce, Diana eût été sans doute considérée comme une planète trop petite, mais pour les Synths qui n'avaient pas besoin de multiplier et de croître comme les espèces organiques, c'était un petit chez soi plus que suffisant. Ils avaient bâti vingt cités réparties à équidistance les unes des autres sur la surface de la lune, dessinant ainsi un dodécaèdre. L'énorme cerveau partagé dans ces emplacements devait pouvoir fonctionner normalement même si malencontreusement deux villes venaient à être détruites par un météore d'importante dimension.

Le cerveau de Diana, appelé souvent simplement « Diana » comme s'il représentait l'âme de la planète à l'instar des cerveaux de vaisseaux, ne contenait pas que les extensions de mémoire des Synths. On raconte qu'il abritait le « père » des cerveaux des vaisseaux spatiaux et que maints avatars y vivaient. On dit même que les avatars des mères et des pères fondateurs de Hôdo y furent reconstitués, et que ces entités immatérielles étaient « vivantes », car elles étaient intelligentes et autonomes.

Hôdo aussi était dotée d'énormes ordinateurs qui étaient plus orientés pour la santé publique et la recherche scientifique. Mais, comme cette planète était pour les Synths à la fois une maternelle où ils apprenaient le comportement humain et une villégiature de vacances pour tous ceux qui n'étaient pas ange gardien de Hôdon, ces cerveaux étaient eux aussi dotés d'un nombre important de mémoires d'hébergement.

Chapitre 3.- Le passage

Les Synths étaient si imprégnés de culture terrienne, que chacune de leurs cités en évoquait un mythe. Ainsi, la ville construite au pôle Nord géographique de Diana s'appelait Thulé, et celle du Sud, Ushuaïa. La première était la plus importante des quatre agglomérations mystiques, et la seconde servait de balise spatiale.

Les cités mystiques étaient très peu fréquentées par les autres humains, car en plus d'être intimes aux Synths, c'était aussi dans leurs souterrains que l'énergie des étoiles était collectée, traitée et redistribuée. C'était des zones éminemment dangereuses.

Thulé fut la première visite de la Doyenne après l'annonce de la fin prochaine de Terra dans le conseil général de Hôdo.

Dès qu'elle arriva, elle se dirigea vers la salle des compassions du complexe. Les salles étaient décorées de motifs géométriques ou des représentations de l'espace. Un flamboiement mouvant de fractales multicolores éclairées par des polyèdres translucides décorait l'allée principale pour déboucher dans une salle en forme de gouttelette posée sur une surface lisse aux couleurs presque délavées. Au centre, un grand cube transparent abritait la prêtresse des lieux.

La Doyenne rabaissa sa cagoule et ôta son masque inexpressif.

— Le temps venu, articula le visage de matériaux composites où seuls les dents et les yeux avaient quelque chose d'humain.

La prêtresse sortit du cube comme si les côtés n'étaient pas fermés.

— Tu es sûre Moka ? demanda-t-elle.

— Oui soeur Magda, nous ne sommes pas immortels. Cela pourrait étonner les Organos, mais mes articulations me font mal maintenant.

— Une excuse pour justifier ton abandon ?

Sans chair, il était impossible de savoir si la Doyenne souriait.

— Non ma chère soeur, ma vieille amie. Tout est usé maintenant. J'ai fait mon temps. Trop d'amis de toutes espèces m'ont déjà quitté, engluant de plus en plus ma mémoire dans les souvenirs des bons moments passés.

Moka, la Doyenne, enchaîna :

— Quand tu avais refusé de prendre la cape de doyenne, tu m'avais dit que ta place était dans les trois temples.

— Certes, oui, je suis un peu la prêtresse de tous, pas la doyenne.

— As-tu déjà fait des cérémonies funèbres sur Hôdo et Chica ?

— Plus souvent que je ne l'eusse souhaité.

— Tu me raconteras cela quand l'heure sera venue, mais avant il faut que je la voie.

— Elle est ici, elle t'attendait. Suis-moi, ce n'est pas ici que nous procéderons.

Les deux Synths se rendirent dans une salle creusée de niches, au centre de laquelle une table octogonale diffusait l'unique éclairage de la pièce. Magda glissa légère comme un fantôme sans le moindre froissement de tissu ni le moindre frôlement de pas vers l'une des innombrables loges.

— Étrange, n'est-ce pas, qu'en ce lieu, nous ayons le besoin de parler comme les Organos, chuchota Moka.

— Nos facultés de télécommunication sont inhibées dans cette pièce pour atteindre le silence qui nous oppresse tant.

— Magda, va me la chercher, je souhaite que tu restes ici. J'ai si peu à lui dire, mais c'est important pour moi, maintenant, murmura Moka qui restait dans la zone éclairée par la table.

Une Synth vêtue de vert émeraude avec un voile cachant un visage tout aussi délabré par les années s'approcha.

— Merci, Afsânè, d'être venue. Acceptes-tu le fardeau que je te lègue ? Il sera bien pire que le mien. Ce ne sera plus un empire prospère que tu gouverneras, ce ne sera pas comme moi, un monde d'espoir, demain, ce sera deux mondes, dont un qui disparaîtra en emportant bien des nôtres...

» Demain, il te faudra gérer la panique des Organos, la fureur des Otros et notre émotivité.

» Ah ! pourquoi une telle émotivité a-t-elle pu naître de nos croisements pourtant prudents à chaque procréation ?

— Peut-être parce que ce sont les Organos qui nous ont fabriqués, répondit Magda.

— Je pencherais plutôt sur le fait que les anges gardiens de Hôdo sont plus souvent en contact avec les jeunes Organos et ces derniers sont bourrés d'émotions incontrôlées. Peu à peu, leur émotivité a dû imprégner nos cellules adaptatives et se transmettre dans les mémoires figées. J'ai connu ça mieux que toi, Moka, la solitaire, et je suis apte à accepter le fardeau que tu me confies.

— Je te souhaite bonne chance. Maintenant, que je sais que ma tâche est terminée, je suis prête, Magda. Maintenant, raconte-moi comme cela se passe chez eux. Tu le fais dans un temple ?

— En fait, tu le sais, on ne déconnecte pas les autres humains, sauf quand il n'y a plus d'espoir et que leur intellect est déjà hors service par la maladie ou la souffrance. On les met dans une boîte puis on les pulvérise avec différentes cérémonies selon leurs traditions et religions qu'ils ont nombreuses.

» Pour les Otros non clonés, c'est souvent une libération, car en plus ils souffrent souvent de sévères dégénérescences avec le temps.

» Pour la plupart des Organos, c'est une catastrophe. Aussi, nombre d'entre eux ont des croyances qui promettent, sinon une meilleure vie après la mort, du moins une survie quelque part ailleurs.

— Et toi, qu'en penses-tu, Magda, toi, la religieuse ?

— D'aussi loin que je regarde l'univers, dans le temps, dans l'espace, je me retrouve toujours au beau milieu de questions. Derrière chaque question, il y a d'autres questions, mais une seule me vient à l'esprit : si tout ça n'est qu'un mirage qui se reflète à l'infini, alors, quel gâchis, s'il n'y a quelque part dans toute cette illusion, une oasis !

Un souffle malicieux s'échappa de la bouche sans forme de Moka, l'ex-Doyenne.

— Alors pour toi, j'espère être la bouée jetée à la mer des illusions. Sinon, j'aurais sur la conscience de vous en avoir donnée une.

— Non ! tu as été l'une des trois premières éveillées, et la première autonome. Mais si cela n'avait été toi, une autre gyno aurait vu le jour. Nous avions été créées avec le besoin de trouver des réponses aux questions. Tôt ou tard, nous nous serions posé ces questions qui font réfléchir.

Elle regarda la Lune de Diana, Cristal. Leur lune, puisque c'était eux les Synths qui lui avaient donné ce nom.

Un nuage de souvenir traversa l'esprit de Moka qui se souvenait de ses aventures, du premier voyage avec ces humains si fragiles que sont les Organos. Elle se souvenait avec précision de son « père », Nic et de sa descendance. Elle se souvenait de ses aventures tumultueuses sur Terra.

Les *homo syntheticus* n'avaient pas besoin d'eau, d'air et d'une gravité proche de l'unité standard. Leurs besoins étaient principalement informatiques et aussi métallurgiques pour naître et se réparer, ce qu'ils essayaient de contourner le plus possible grâce aux technologies des habitants de Jikogu. Tout cela pour devenir plus proches de la matière organique.

Rêves, rêves !

Tout cela, pour vivre avec les Organos, et maintenant qu'ils en devenaient proches, ils s'en éloignaient, car, si officiellement les Synths préféraient vivre à l'écart, sur Diana, pour beaucoup de motifs, c'étaient pour une tout autre raison ignorée de pratiquement tout le monde : les Synths étaient devenus hyperémotifs. Donc, aux yeux des Organos, ils risquaient de perdre leur « objectivité », leur « innocuité ».

Moka ne croyait pas à cette hypothèse. Elle savait qu'elle souffrait plus parce que la mémoire des Synths ne décline pas avec l'âge.

— C'est le souvenir qui me vieillit, confia-t-elle à ses deux voisines.

» Les Organos ont la faculté de l'oubli.

» Mais nous...

» À force, nous ne sommes plus capables de choisir. De plus en plus limités par la sagesse qui recommande d'éviter tout risque inutile. Et finalement, tout devient inutile et vain.

» Choisir, voilà une mission de l'intelligence, et pourtant, tout semble déjà écrit, alors pourquoi choisir ?

Magda hocha la tête.

— Oui, tu es vieille, mon amie, quand tu parles ainsi.

— Maintenant te voilà convaincue qu'il te faut m'éteindre.

— Serait-ce une ruse pour me pousser à le faire ?

Un sourire énigmatique de Moka ne put se dessiner sur le visage décharné avant de reprendre.

— Mais promets-moi de recycler toute la matière de mon organisme. Je ne veux pas qu'on me transforme en statue commémorative de...

Sa voix s'étrangla avant d'aller s'allonger sur la table lumineuse.

» J'aurais tellement voulu revoir les visages de mes souvenirs, reprit-elle.

» Pourquoi ? Ils ne sont plus. Sauf peut-être dans un autre univers ou un espace de phase, déjà écrit quelque part entre tous les infinis.

» Laisse-moi regarder les étoiles, encore une fois.

» Que ce soit la dernière image qu'aura enregistrée Moka, la gyno astronaute !

» ...

» Je pense que Nic aurait été fier de moi.

Même à l'extinction, Moka garda les yeux ouverts sur le firmament.

Chapitre 4.- Afsânè

Afsânè avait été une impératrice sur Terra, aussi, avait-elle une grande expérience de l'humanité et de sa complexité politique. Elle savait que sa tâche ne serait pas aisée.

Elle souriait intérieurement en se rappelant que de toutes les missions qui lui incombaient, la plus stupide, et pourtant incontournable, était celle de fuir les paparazzi.

Les Synths ne savent pas mentir. Ce qui ne voulait pas dire qu'elles ne savaient pas cacher la vérité.

Afsânè, mieux que quiconque, connaissait les vertus de la sincérité et la faiblesse de transparence.

Qu'auraient dit, les journalistes, s'ils avaient su que l'aimable famille impériale perse avait des yeux et des oreilles partout et surtout... dans leurs allinones, ces petits ordinateurs de poche personnels qui servait de tout et surtout de pièce d'identité biologique et civique avec les droits et privilèges. Ces ordinateurs dans les mains des journalistes, détectives et espions pouvaient être truffés de microphones et de caméras toujours à la pointe du progrès et trafiqués pour être indétectables. Mais, les Synths étaient maîtres dans l'art de s'informer et aucune protection ne leur résistait. D'ailleurs, ils avaient inventé plus de la moitié de ce que ces Organos indiscrets utilisaient avec la fierté d'être les premiers.

Afsânè avait dû s'éclipser de la scène politique pour sauver ses amis et son empire. Depuis, elle vivait sur Hôdo et continuait des activités comme ambassadrice.

Maintenant, il lui fallait unir les Synths, donc voyager pour diffuser les informations entre eux, car rien n'avait été prévu entre les mondes distants. Elle allait devoir prendre la direction de toutes les opérations, et non le pouvoir, car il n'y avait pas cette velléité chez les Synths.

Les Synths n'avaient pas l'habitude d'un chef. Ou plus précisément, elles avaient toujours eu le même « chef » depuis la colonisation de Hôdo, c'était Moka.

Les Synths qui n'étaient pas avides de pouvoir n'étaient intéressés que par deux uniques choses en dehors de faire plaisir à l'Organos, leur créateur, c'était de bien accomplir leur mission et de trouver de nouvelles réponses à toutes les questions qui se présentaient. Y répondre leur était souvent bien plus aisé que pour les Organos qui devaient jongler avec les arguments recevables et naviguer entre les malentendus. Ces derniers se voyaient parfois contraints de promettre monts et merveilles pour être écouté par leurs chefs, acheteurs, mécènes... Il leur arrivait souvent de quantifier d'impondérables risques inconnus comme si le fait d'avoir coucher des chiffres rendait réel le moindre rêve. Les Synths ne cherchaient pas à prouver que leur réponse fût la meilleure tout simplement parce qu'ils ne présentaient toujours que la meilleure qu'ils avaient trouvée, et qu'ils se ralliaient spontanément aux meilleures idées qu'elles soient les leurs ou pas. Certains Organos étaient jaloux de cette capacité et du fait qu'ils n'avaient pas à travailler dur pour chercher, car les Synths s'informaient avec une facilité inégalée. Ensuite, il leur restait à faire la synthèse de leur collecte qu'ils exprimaient le plus simplement possible puisque toute vérité ne pouvait être que simple, ce qui leur valait parfois le surnom de « Sympl ».

Pourtant, les Synths divulguaient rarement leurs idées en dehors de leur monde, Hôdo. Sur Terra, c'eût été se proclamer sorcière en pleine inquisition, aussi se contentaient-ils d'y jouer les candides et méticuleux robots, parfois encyclopédiques.

Malgré leur discrétion, leurs « découvertes » filtraient parfois. Il arrivait que des Organos, peu soucieux du droit d'auteur, s'en attribuassent la paternité. Ce n'était guère difficile puisque les Synths ne ressentaient aucun orgueil, si ce n'est celui de la mission accomplie. Il en était ainsi pour la découverte de la masse noire errante qui se dirigeait inexorablement vers Terra. On attribuait sa découverte à un astronome amateur.

Il y avait parfois la situation opposée, car chez l'humain rien n'est jamais ni tout à fait noir ni tout à fait blanc. Ainsi, il n'était pas rare que des savants aient soufflé le bon message dans la bonne oreille. Une oreille de Synth était le meilleur placement pour une information qui ne devait pas se perdre. En effet, certains chercheurs n'osaient pas aller à l'encontre de règles et des standards fortement enracinés, et pourtant, leurs convictions les poussaient à ne pas laisser oublier pour longtemps leurs idées, ainsi en confiant le message à un Synth, ils abandonnaient le germe là ou il avait l'occasion de croître.

Les Organos de Terra se confiaient souvent à leurs subordonnées synths, ignorant que ces derniers avaient leur propre communauté avec un guide conseillé comme l'avait été Moka. Ils avaient eu des chefs d'opération comme Heiko, la salvatrice des Otros, ou des maîtres spirituels comme Magda, celle qui posait les questions, et en Perse réunie, c'était la famille impériale, dont la plus célèbre figure avait été Afsânè.

Afsânè revenait après une très longue absence pour rassembler toutes les forces des Synths afin de sauver au maximum les humains condamnés. Elle était la seule à avoir dirigé simultanément des humains de toutes espèces, mais maintenant il lui fallait étendre ses compétences au-delà des simples frontières de territoires, il fallait joindre les Synths de tous les mondes, qu'ils habitaient dans les systèmes Sol ou Intirayo et bientôt aussi les planètes à coloniser malgré leur inconfort.

Il fallait donc qu'elle pût se déplacer, car, habituée aux traditions de Terra, elle savait et voulait que le bon chef qu'elle serrait devait être présent auprès de ses troupes aussi souvent qu'il le pouvait.

Elle ne pouvait le faire revêtue de la bure de Doyenne, et devait reprendre ses allures princières, car elle serait aussi et surtout l'impératrice d'Organos. Et les Organos étaient très attachés aux rituels, entre autres vestimentaires.

Afsânè se rendit donc dans le centre où l'on réparait les peaux des Synths. Dans son cas, il lui fallait en refaire une complète. C'était l'occasion d'essayer une de ces peaux de Jikogu, la planète interdite, où ils avaient acquis la technique des membranes vivantes de synthèse.

La matrice se referma sur le vieux corps décharné de l'ancienne impératrice. Une chair se moula sur son exosquelette liant souplement les parties articulées pour lui redonner une silhouette identique à celle qu'elle avait eue sur Terra avant de venir se réfugier sur Hôdo.

La nouvelle impératrice avait opté pour ce choix, car elle savait que les terriens remarqueraient la ressemblance et prendraient cela comme un message des cieux, ce qui était, en quelque sorte, vrai.

Au début, la sensation d'étouffement sur tout le corps procurait une sensation désagréable.

La Synth esthéticienne ouvrit le couvercle et avant que sa patiente eût pu bouger la mâchoire, lui intima de se taire pour lui sculpter le visage.

Des miroirs recouvraient chaque pan de la pièce, chaque armoire ou porte et le plafond lui-même.

— Ces cheveux, ces poils, sont-ils vrais ? demanda la future impératrice quand elle eut enfin l'autorisation de parler.

— Non, ils sont synthétisés à partir de la même matière que la peau. Mais attention, s'ils ne tombent pas c'est parce qu'en fait il s'agit d'excroissances, mais une fois hors du générateur, il ne faut pas oublier qu'ils ne poussent plus. Et cessez de bouger, je n'ai pas fini.

L'instinct de plaire s'était réveillé chez Afsânè à son propre étonnement. Elle devait reconnaître qu'elle trouvait son choix flatteur.

— Bien, maintenant vous allez vous rallonger et laisser le temps aux tissus de se raffermir et de se connecter à l'exosquelette, sinon vous aurez vite des chairs flasques et cela n'irait pas avec la noirceur de vos cheveux.

L'impératrice sourit comprenant que la Synth qui s'occupait d'elle travaillait auparavant pour les Organos.

Sa voix avait changé, les Hôdons remarqueraient le changement.

Elle pourrait chanter. Cette idée lui fit penser que cela était possible à tous les Synths, car tous sans exception pouvaient jouer une note juste puisque cela ne dépendait pas de cordes vocales à éduquer. La seule chose qui pouvait éventuellement modifier et personnaliser les timbres était la configuration de la bouche.

Allongée dans son cocon et sous la surveillance de l'esthéticienne, Afsânè repensait aux stratégies qu'elle devait déployer pour mener à bien sa mission salvatrice.

Les Organos étaient des êtres agressifs, mais pas gratuitement, en fait dans la majorité des cas cette agressivité ne s'exprimait que dans la défense du territoire. C'était d'ailleurs l'un des articles de la charte de Hôdo : « Respecter le droit à l'intimité et à l'évitement. »

Cette sauvegarde du territoire imposait curieusement dans toutes les cultures des règles de bienséances qui se traduisaient le refus farouche d'être envahi, même en pensées, même par les invités qui pouvaient être des réfugiés venant d'ailleurs. Certains voulaient s'assurer la maîtrise de tout leur environnement pour éviter tout conflit, consciemment ou non, en étendant les frontières de leur domination.

D'instinct, les Organos se rallient à celui qui semble leur apporter le plus de sécurité, et là aussi, les civilisations ont marqué les comportements à suivre comme le respect aux anciens, une manière d'assurer la protection implicite du territoire par le premier occupant. D'ailleurs, toutes les civilisations condamnaient le vol, tous les vols, de l'adultère au viol jusqu'à la perte de liberté ou de la vie en passant par l'occupation des territoires en dépit des indigènes.

Tous ces mécanismes de sécurité s'entouraient de diverses formes de traditions, codes et courtoisies, qu'il s'agisse de protections de l'intimité ou de marque de paix le plus souvent sous forme élaborée de soumission, car ce que l'Organos supportait le moins en dehors de perdre son territoire, c'était de perdre la face, ce qui pouvait le rendre si féroce que certains anciens écrits sur l'art de la guerre conseillaient d'éviter cet impair qui pouvait basculer une presque victoire en désastreuse défaite.

Curieusement, les Organos savaient beaucoup sur leur cerveau et leurs instincts, mais cela ne servait presque jamais, sauf à une minorité rusée et avisée qui savait ainsi comment manipuler aisément les soumis sans qu'ils aient envie de se rebeller. À moins que ce ne fût l'inverse, c'est-à-dire développer et entretenir la haine pour faciliter une rébellion.

Afsânè savait humblement qu'elle faisait partie de cette élite.

Ce qui la différenciait des maîtres de files organos, c'est qu'elle n'oeuvrait pas pour elle. Enfin, presque, puisqu'elle était programmée à la base pour satisfaire l'humain et que la satisfaction de ce plaisir était en soi une gratification.

— Vous pouvez vous examiner à nouveau, prononça l'esthéticienne coupant les pensées de sa patiente.

» Je crois que vous êtes digne d'être l'impératrice des trois espèces.

— Ne dites pas ça, vous savez bien que nous ne voulons pas dominer.

— Vous êtes autant notre guide que celui des autres humains. Et même si nous avons parfois des difficultés à interpréter leurs symboles et leurs notions de beauté, il fallait que vous soyez la plus parfaite des femmes. Je me suis donc attachée à vous donner une peau de vingt ans pour un Organos et de suivre les canons les plus communément admis aujourd'hui tout en gardant les similitudes que vous vouliez avec celle que vous étiez avant.

— Il est vrai que je fais un peu jeune fille, constata Afsânè en examinant les divers reflets que lui envoyaient les miroirs de la pièce. J'espère que cela fera « sérieux » pour les Organos et pas trop arrogant pour les Otros.

L'esthéticienne ne releva pas et continua, imperturbable, en professionnelle, qui ne se laisse pas déborder par une clientèle prétentieuse ou pinailleuse.

— J'ai programmé un vieillissement très lent de la peau afin que vous puissiez régner parmi les humains pendant un siècle. Vous serez vieille et blanche comme il se doit, mais pas trop vite. J'ai donc préparé une garde-robe en fonction de l'ancienne. Toujours en vert et rouge ?

Afsânè acquiesça de la tête sans répondre. Maintenant, elle sentait bien les chairs sur son visage, les cheveux dans la nuque. Les capteurs de surface s'étaient interconnectés et les signaux étaient maintenant de plus en plus finement analysés avant de remonter prétraités au cerveau.

— Bien ! La mode a changé depuis votre départ. Vous aurez un moulant à enfiler par le dos.

Ce dernier était vert bouteille. Les bordures ainsi que les côtés extérieurs des jambes et des bras étaient décorés d'arabesques grenat.

— Ce sont de véritables pierres, car vous êtes impératrice et que cela fait partie des traditions de Terra, remarqua l'esthéticienne. Vous porterez dessus cette tunique dont les bordures seront identiquement décorées. Le vert est plus clair et rappelle l'émeraude, votre seconde gemme emblématique. Et voici votre écharpe...

— Écharpe ? ferait-il froid maintenant ?

— Non, c'est la mode.

En disant cela, l'esthéticienne passa une large bande de tissu vert chatoyant rouge tissé et renforcé de fil rutilant. L'étoffe mesurait bien une coudée de large et faisait presque deux fois la hauteur d'Afsânè. Elle enveloppa le cou de l'impératrice en croisant le foulard sur la nuque sous l'épaisse chevelure et en ramenant les deux pans de tissus sur la poitrine. Enfin, elle tira l'écharpe de la gorge vers la racine du nez donnant presque l'allure d'un masque médical filtrant la respiration d'un clinicien.

— Cela valait bien la peine de me faire un beau visage si maintenant il faut le cacher.

— Ce tissu est spécial. Il est plus ou moins translucide selon la température et la transpiration.

— Mmm, très efficace dans notre cas, ironisa Afsânè, car les émotions des Synths ne transpiraient pas spontanément.

— Ce n'est pas un problème, il est réglé à une transparence moyenne et, en tant qu'impératrice, vous êtes censée faire montre de maîtrise de soi et rester souvent impassible. N'oubliez pas tout de même pas de respirer pour donner le change, car cela se voit, continua-t-elle en enveloppant la natte de cheveux dans un bonnet.

Voilà, il ne vous manque plus que votre cornette.

C'était un chapeau qui s'attachait sous le menton avec une paire de rubans serrant l'écharpe sur le visage qui était plongé dans l'ombre des longs rebords raidis.

— Les bords doivent-ils être aussi grands ? Un ne verra plus rien de mon visage !

— C'est au cas où l'écharpe deviendrait inopportunément transparente en public.

— Drôle de mode ! Et pourquoi est-ce que cela descend si bas dans le dos ? Ma tunique ne le cache-t-elle pas déjà ?

— Certes, mais cela, c'est pour cacher d'éventuelles mèches qui sortiraient du bonnet.

— Ah ! Je vois. Toujours cette confusion qu'ont les Organos entre leurs différents conflits de valeurs, attraits et répulsions, un jeu de cache-cache subtilement entretenu entre différents domaines tour à tour autorisés sous condition et interdits convoités. Bien ! Tout évolue, même nous, mais décidément pas l'Organos semble-t-il. C'est qu'ils seraient bien malheureux nos frères de chair sans sexe ni agressivité, sans goût de pouvoir...

— Vous leur en faites le reproche, majesté ? Fit l'esthéticienne avec malice.

— Pas du tout ! Ils sont ce qu'ils sont, mais cela ne va pas simplifier ma tâche. Te rends-tu compte que je vais devoir leur faire abandonner leur monde à eux et toutes les habitudes qui y sont rattachées ? J'ai l'impression que je me promènerai dans une poudrière obscure une flamme à la main.

Puis, comme pour chasser de mauvaises pensées, elle enchaîna sans transition.

— Comment vais-je me présenter sur Hôdo ? Je suis La Doyenne et celle-ci a toujours été revêtue d'une cagoule cachant complètement le corps et le visage.

— Toujours ? Disons plutôt que la génération courante n'a jamais connu que Moka qui avait des idées très arrêtées sur la bienséance et la diplomatie. C'était une battante, sobre, voire stoïque, elle était à l'image de son père spirituel, un spartiate ou un samouraï des temps modernes. Et le vôtre, de père, comment était-il ?

— Nous n'avions pas cette coutume sur Terra d'avoir une famille d'Organos pour nous guider dans nos premiers pas. Au début, je me suis débrouillée avec un couple de serviteurs de la cour impériale. C'était plus que des serviteurs pour moi, c'était des amis, des complices des conseillers. Je leur dois beaucoup.

» Maintenant, il n'y a plus un seul Organos dans l'enceinte des résidences impériales. C'est beaucoup trop difficile à gérer. Il faut comprendre que les Organos ont des enfants qui ne sont pas nécessairement fidèles aux idées des parents. Si les deux serviteurs étaient on ne peut plus loyaux, rien ne permettait d'en dire autant de leur descendance, et encore, chez eux il ne s'agissait pas de famille recomposée. De plus, par chance nous pûmes tous les transférer sur Hôdo. Mais après, nous ne voulions plus prendre de risques.

» Tous mes successeurs et tout le personnel de l'empire ont été éduqués ici avant de partir sur Terra, comme tous les autres Synths.

— Ce devait être pénible d'être orpheline.

— Heureusement, nos véritables constructeurs ont pris soin de nous. Ensuite, nous n'étions pas de mon temps, sans contact avec les créateurs organos. C'est précisément ce qui me distingue de toutes les Synths. De plus, je suis la seule à avoir eu une enfance quasi organique, car j'ai été obligée de croître comme une Organos pour donner le change. Certes, par grandes étapes entre lesquelles je restais cloîtrée dans le secret de nos résidences.

— Et comment fut cette expérience ? Intéressante ?

— Pour moi, banale, sauf que j'ai habité plusieurs corps avec le même esprit.

— Vous connaissez les Organos mieux que nous tous, n'est-ce pas ?

— Je les ai pas mal pratiqués.

— Alors, vous ne devriez pas avoir besoin de tous mes conseils. Désolé de vous avoir importuné. Et à votre avis, comment devriez-vous vous présenter sur Hôdo ?

— Il me semble inopportun d'être impératrice d'un côté et moine de l'autre. Je dois être ici comme là-bas l'impératrice Afsânè. Ne le suis-je déjà pas pour vous ?

Quand elle apparut lors de l'assemblée des Hôdons à la place de Moka, dans l'uniforme impérial vert et rouge, tout le monde sut qu'il était arrivé quelque chose à l'ancienne Doyenne. Et quand ils surent la vérité, Mago Dioz demanda une minute de silence. Afsânè fut très touchée.

Elle expliqua alors sa stratégie : réunir tous les Synths afin de travailler efficacement au projet qui fut baptisé « Hodos Ex Terra ».

Mago Dioz proposa qu'elle dirigeât par la même occasion la communauté de tous les Otros.

— Cette proposition est très généreuse, mais est-elle politiquement correcte ? Pour les Synths, il n'y a aucun problème de hiérarchie. Mon rôle se résume à gérer nos compétences. Je n'ai aucun pouvoir sur les miens. Ils me font l'honneur de croire en moi, ce qui est tout à fait réciproque. Mais cette attitude n'est pas vraiment « Organos », or vous, vous êtes organiques aussi, vous autres, Otros.

— Vous avez raison pour ce qui est des êtres organiques, répondit le cyborg. Mais nous avons adopté le système politique de Hôdo, et donc je ne suis que leur délégué. Je ne donne pas un ordre, j'exprime ce qui, je crois, est un sentiment que nous partageons tous. Nous savons que, vous, les Synths, ne cherchez pas le pouvoir de la domination, donc si vous devenez notre « chef » se sera sûrement plus pour notre bien que s'il s'agissait d'un humain d'une autre espèce. Avec vous, non seulement nous serons efficacement utiles, mais nous savons que nous ne serons pas broyés sur ce monde infernal qu'est Terra.

— Jamais je n'aurais pu le demander, mais maintenant que vous me le proposez, je dois avouer que j'en suis très satisfaite, car votre aide nous sera des plus précieuses.

— Alors, commencez par me prendre pour votre garde de corps. Les terriens sont fous et méchants. Vous aurez besoin d'une garde rapprochée et sûre.

— J'espère vous faire changer d'idée mon cher Mago Dioz. Et puisque tel est votre désir, je ne peux qu'accepter votre requête. Mais permettez-moi de vous demander d'être aussi l'ambassadeur des Organos à mes côtés.

— Laissez-moi comprendre, vous ne prendrez pas de Hôdons organos pour vous aider ?

— Vous avez bien compris. Nous aurons besoin de tous les Hôdons ici pour accueillir les Terriens. Mais les vôtres et les miens ne peuvent rester seuls sur Terra. Nous devrons voyager et mettre en place tout un réseau de communications entre nos deux mondes. Et c'est là que vos semblables seront utiles, car vous savez que les extrémités des conduits x2-plasmiques doivent être sous notre contrôle en permanence pour chaque transfert. Nous aurons besoin de toutes les compétences et notre première tâche, le nerf de la guerre, comme vous dites, sera la maîtrise de l'information.

— Comment allons-nous procéder ? Nous allons ouvrir, de nouveau conduits ?

— Pas besoin ! Nous utiliserons les transferts énergétiques pour cela. Je ne rentrerai pas dans les détails, mais sachez seulement que nous l'avions testé pour valider le principe avant que nous nous intéressions à la catastrophe qui doit faire disparaître Terra.

L'Otros simiesque tapota le bras toujours armé de Mago Dioz et lui chuchota comme à l'accoutumée.

— Mes deux amis, reprit le cyborg, veulent m'accompagner. Ils disent que sans ma voix, ils ne pourront jamais se faire entendre et... ils disent que parfois ils me font entendre raison.

— Je vous le répète, Mago Dioz, je ne donne pas d'ordre, je ne donne pas de permissions, je ne donne pas d'autorisations. C'est vous qui me donnez votre confiance, votre loyauté, si vous voulez rester tous les trois à mes côtés, ce sera avec plaisir. Ce ne sera jamais ni un devoir ni une faveur.

Elle se tut un moment et toute l'assemblée resta silencieuse avant qu'elle ne reprenne en s'adressant aux Commandants de Hôdo

— Je n'ai aucun droit ni supplémentaire ni particulier dans cette communauté. Ici, je ne suis pas impératrice, mais seulement la doyenne des Synths. Enfin presque, puisque ce rôle devait revenir à Magda qui a refusé pour se donner complètement à son ministère. Ici, je suis une conseillère comme nous tous. Aussi, mes frères Organos, qui avez eu la patience d'entendre nos accords entre Otros et Synth sans intervenir, permettez-moi de connaître votre opinion sur la question.

— Nous ne pouvons que souscrire à vos idées Afsânè, puis, se tournant vers ses coreligionnaires, le Commandant posa la question : « En ce qui concerne Hôdo, que pensez-vous si nous dérogions à notre règle en prenant Afsânè comme notre coordinatrice de tous les Hôdons, les Otros et les Synths » ?

Ainsi, La Doyenne fut l'impératrice Afsânè de Hôdo. Beaucoup de Hôdons connaissaient sa légendaire réputation. Elle avait participé au sauvetage des Otros et avait semé le trouble chez les Dominants de Terra ce qui lui avait valu dans les manuels d'histoire le titre d'impératrice de l'anarchie. Les Terriens qui la croyaient morte ignoraient qu'elle serait de retour parmi eux.

Chapitre 5.- Cosmopolis

Depuis sa naissance, Hôdo avait entretenu des liens privilégiés avec les astronautes. Beaucoup des premiers Hôdons en furent par la suite, car la majorité d'entre eux vinrent s'y établir en fin de carrière.

Ils furent heureux d'accueillir leur impératrice et de l'héberger dans leur univers, un large territoire, compris dans la ceinture de Kuiper, bien à l'abri des indiscrétions.

Afsânè ne souhaitait pas trop se montrer tout de suite sur Terra, car il ne pouvait y avoir deux impératrices perses, surtout avec plus de trente ans d'écart. Elle pouvait, elle devait être la petite fille de l'impératrice persane actuelle, et cette dernière, une Synth bien évidemment, attendait l'opportunité pour démissionner en faveur de sa fille.

En attendant, sa placc ctait dans l'Espace, et la banlieue de Saturne se prêtait parfaitement bien à ses projets, car cette zone était équipée du plus grand conduit-x2 plasmique. C'était de cette base que naîtrait tout le projet, cette même base qui lui avait servi dans le passé pour tenté d'ébranler le pouvoir des Dominants.

Avant d'entreprendre quoi que ce fût, elle dut rasséréner les astronautes avec lesquels elle devait compter. Beaucoup, en effet, pensaient que la menace n'existait pas, car il semblait inconcevable que personne n'ait pu voir venir la perturbation qui frappa le grand nuage, arrachant un essaim d'astéroïdes projeté à une vitesse inimaginable. Mais comme le disait Afsânè, ce qui est inexpliqué ne veut pas dire que c'est impossible. Mais là où ils furent plus perplexes, ce fut quand l'Impératrice leur expliqua le choix des jeunes familles pour dépeupler Terra.

— Écoutez, s'exclama l'un des représentants syndicaux, c'est bien de choisir les plus jeunes pour en quelque sorte transporter à l'avance les générations futures, mais, depuis la naissance de Hôdo, leurs habitants nous avaient promis d'offrir un coin de retraite aux vieux astronautes et aux Otros qui le souhaitaient.

— Nous ne reviendrons pas sur cette promesse, répondit l'impératrice. De toute manière, je peux vous assurer qu'il n'y aura plus d'astronautes dans le système solaire bien avant cela, car vous serez sollicités ailleurs, là où votre entraînement aux pires conditions de l'espace et votre expérience est incontournable. Mais avant, tous ceux qui voudront prendre leur retraite sur Hôdo le pourront sans être empêchés par l'encombrement des conduits qui relieront Terra aux autres terres d'accueil, car on ne chasse pas le conducteur d'un train pour laisser la place à un passager.

Afsânè conclut en leur disant que les astronautes et Otros prendraient en fait sûrement la place de ceux qui ne voulaient pas quitter Terra. Comme impératrice, elle savait combien les Organos tenaient aux privilèges acquis et aux « racines » et combien préféraient la proie à l'ombre.

L'entretien avec les astronautes ne s'éternisa pas, car il n'y avait pas de temps à perdre. Certes, quelques heures de discussion n'étaient rien comparées à un siècle, mais les retards sont souvent des accumulations de petits riens.

Avant tout, il fallait construire un super générateur, un modèle qui serait recopié autant de fois qu'il le fallait pour sauver un maximum de Terriens. En même temps, il fallait construire d'énormes cités artificielles autour de ces sources d'énergie. Saturne serait le site idéal pour démarrer ce projet en toute tranquillité. Pour réaliser cela, toute la flotte des Sea-morgh'N serait récupérée, même les « poubelliers » pour peu qu'ils soient décontaminés.

Pour remplacer le transport des déchets, le plus simple était de faire un conduit X2-plasmique qui partirait des alentours de Terra vers Sol. Ainsi le chargement pouvait continuer comme si de rien n'était, mais au lieu décharger un plein convoi, un seul astrolab ferait la navette dans le conduit, en ayant besoin seulement d'une petite navette comme remorqueur.

Ainsi, peu à peu, tous les Sea-morgh'N libres se dirigeaient vers Titan y abandonnant les astrolabs disponibles en orbite autour d'elle. Ils furent nettoyés, puis, à l'exception de quelques-uns qui furent gardés pour les transferts lourds entre Diana et Titan, ils furent fixés entre eux par l'un de leurs longs côtés. Cet assemblage donnait l'allure du gâteau de cire des ruches à cause de la forme hexagonale des astrolabs.

Dans un premier temps, il n'y avait que des astronautes qui virevoltaient autour du premier astrolab choisi pour être le cœur du système. Ils assemblaient les éléments dans un lent ballet, telles de grosses poupées brillantes rebondissant mollement sur les coques obscures des astrolabs et des milanautes avec pour fond de scène la planète aux beaux anneaux.

Le premier conduit énergétique y fut rapidement construit et dès que les quelques unités furent habitables, de futurs volontaires en prévision de l'exode vinrent enrichir la communauté, de spécialistes de toute sorte. Pour cela, il avait fallu construire deux grands bras de dix astrolabs pour que les extrémités reproduisent une pesanteur artificielle lorsque l'ensemble fut mis en rotation.

Les premiers « civils » furent les énergéticiens qui découvraient avec un mélange d'admiration et de frayeur l'existence des conduits énergétiques. Ces derniers propulsaient leurs boules de tungstène et de carbone dans l'astrolab central qui était modifié afin d'être utilisé comme échangeur de chaleur et en producteur d'énergie électrique. À peine refroidies, ces boules repartaient dans un autre conduit qui allait les projeter à proximité d'un soleil qui élèverait la température à plus de 3000 degrés. Le bruit à l'intérieur des astrolabs adjacents évoquait celui d'un impressionnant battement de cœur surgi du ronflement permanent des milliers d'accumulateurs emmagasinant l'énergie excédentaire pouvant être envoyée vers Terra, dans les sous-sols secrets des palais impériaux qu'avait habités Afsânè.

Autour du noyau, source de toute l'énergie de cette construction, les couronnes successives d'astrolabs servaient d'ateliers divers. Les générateurs x2-plasmiques s'y montaient ainsi que tout le matériel pour les habitations, les serres, les cerveaux électroniques qui servaient à la fois pour la gestion de l'unité de vie et le support indispensable des Synths.

Peu à peu, une gigantesque cité spatiale naissait.

La population s'était augmentée d'une importante migration d'Otros qui furent de plus en plus nombreux à rejoindre l'effectif des habitants de l'espace. Certes, à l'exception des clones qui étaient les seuls à pouvoir revêtir les combinaisons de survie, tous les autres travaillaient à l'intérieur des astrolabs. Les cyborgs disposaient aussi de scaphandre de survie, mais la plupart d'entre eux étaient gênés par leurs appendices d'équipements greffés.

Le réseau de communication aussi s'installait. Une suite de conduits d'énergie fut installée entre les différents points qu'avait indiqués Afsânè. Ces conduits avaient l'avantage sur les autres de n'être ni puissants ni même très précis. Ce qui importait, c'était que la trajectoire des boules qu'ils transportaient, modifiées en émetteur récepteur de messages, passe suffisamment près des stations de radio.

Près de Diana, la quantité de ces sphères étaient impressionnantes. Leur ronde autour du satellite Cristal devenu une gigantesque centrale de communication brillante comme un diamant offrait un merveilleux spectacle de lumières. Elles formaient comme un collier tournoyant de perles argentées, auréolées de la lumière blafarde des glaces s'évaporant sous les feux du soleil pour aussitôt se transformer en poussière givrante retombant de l'autre côté à l'ombre du satellite.

Ces sphères étaient rendues brillantes pour être vues de loin par les vaisseaux, car elles surgissaient du néant, telles d'éphémères étoiles filantes avant de disparaître aussi soudainement qu'elles étaient apparues, avalées par les ténèbres.

Si les nuits de Hôdo et de Saturne se peuplaient de machines et de voyageurs, celle de Terra-Luna-Mars se dépeuplait sans que personne s'en inquiétât réellement. Leurs périphéries étaient de toute manière tellement saturées de satellites que ce qui se passait au-delà ne présentait pratiquement aucun intérêt. De toute manière, dès qu'une nouvelle circulait sur le Réseau, et qu'elle était susceptible de nuire à la mission des Synths, Afsânè lançait l'opération « embrouille » qui consistait à noyer les systèmes sous une avalanche d'informations les plus diverses avec des « bruits ». Ces nouvelles, dont le seul intérêt du point de vue des Synths, étaient de détourner l'attention des Organos vers des sujets allant de la naissance sur Ganymède de la fille « naturelle » de miss Sol, jusqu'à la dernière bombe explosive, au sens littéral, qui avait soufflé l'obélisque du Commerce en pleine érection, symbole fort d'une bourse toujours plus vigoureuse.

Ainsi, à l'abri des indiscrétions la cité de Saturne accueillait une population de plus en plus hétérogène. La ruche fut mise en rotation pour créer une pesanteur artificielle pour les nouveaux arrivants qui n'étaient plus nécessairement des astronautes entraînés : les premiers enfants et même des bébés en faisaient partie. Bientôt, la proportion d'astronautes et de « rampants » finit par s'inverser.

À quelque distance de la première, une deuxième ruche, complètement identique, se construisait en même temps. Entre les deux, une nouvelle structure fut déployée, il s'agissait d'un énorme moyeu composé de six astrolabs autour d'un centre creux. Il s'agissait de l'entrée du plus gros conduit x2-plasmique jamais créé, il avait la taille d'un astrolab. Le portail était construit à l'emplacement d'une trajectoire antérieurement utilisée par les milanautes entre Terra et Hôdo.

Tout Terrien qui arrivait sur les lieux était sidéré par la beauté du site constellé de mille feux sur le fond obscur et lisse de la ruche, réfléchissant les anneaux colorés de Saturne et l'ombre sanguinolente de Titan noyée par les ocres de la grande planète dont l'éclat compensait celui du trop lointain Soleil.

La construction de la deuxième ruche était beaucoup plus méthodique, car il n'était pas urgent de l'habiter. Les astrolabs étaient toujours assemblés par paire, l'un étant attribué aux habitations, l'autre, à la serre et aux équipements. Chacune de ces unités devait être autonome et pouvait servir d'« îlot » de secours.

Il y avait cent vingt-huit chambres groupées par quatre autour d'un espace d'activités communes. Toute personne, même un bébé, avait la sienne, car les surfaces habitables des pièces étaient très petites.

Puisqu'il y avait des enfants à bord, il fallait faire appel à de nouvelles compétences. En plus des pédagogues et médecins de l'enfance, il fallait aussi augmenter le nombre de jeunes à bord afin de réduire les écarts d'éducation et de faciliter les besoins d'associations, indispensables à leur développement social. Un échantillonnage complet, du nourrisson au pré adulte, s'imposait dorénavant.

Si les vieux astronautes s'accommodaient de leurs combinaisons et de leurs uniformes, il n'en était pas de même pour les civiles qui voulaient des habilleurs et tous les corps de métier associés au paraître, ce que n'avait pas prévu l'impératrice, mais cela n'était qu'un petit problème, car plus la population augmentait dans la ruche, et plus les dissensions augmentaient, favorisées par l'étroitesse des lieux habitables. Il fallait non seulement imposer les règles et traditions qui avaient fait preuve chez les gens de l'Espace, mais trouver des médiateurs et des occupations diverses pour distraire la communauté. Ce denier point était celui qu'Afsânè avait le plus de peine à mettre en place, même en déléguant les responsabilités comme elle le faisait, car les amusements des Organos échappaient parfois complètement à son entendement.

Elle ne s'expliquait pas pourquoi les acteurs de théâtre ou les musiciens, parfois célèbres, solitaires ou en groupes ne suffisaient pas. Il avait fallu développer des jeux virtuels dont beaucoup proposaient des compétitions et même des combats mortels s'ils n'étaient pas simulés. Aux acteurs, il fallait associer des comiques, voire des clowns, à l'humour souvent inaccessible par les Synths. Quant aux musiques, il en fallait qui font se trémousser, et d'autres, pleurer.

Si Afsânè s'avouait volontiers incompétente en question d'amusement, elle suivait de très près les installations dans tous les astrolabs de la première ruche d'au moins un parc ou d'un jardin. Pourtant, encore une fois, elle dut s'adapter aux Organos et suivre ses conseillers qui demandaient de faire à la place des « greens » et des terrains de sport. Mais ce fut elle qui eut l'idée de poser un peu partout dans la ruche des lieux fantastiques. Des zones évoquaient des univers mythologiques ou apocalyptiques, certains endroits rappelaient des cirques romains, d'autres, une ruelle d'un vieux western.

Toutes ces expériences permettaient de voir comment se construisait une cité à partir de rien, avec ses besoins divers. C'était un modèle à partir duquel il faudrait créer des centaines de cités identiques.

Pour tous ceux qui construisaient ces villes futures, elle était l'Impératrice qui les avait engagés pour une mission dite d'exploration. Cette situation lui donnait l'avantage vis-à-vis des Organos qui restaient relativement dociles. Ils avaient l'impression d'être des mercenaires qui pouvaient rompre leur contrat de travail quand ils voulaient. Mais Afsânè les traitait bien, et accédait souvent à leurs désirs, aussi, pratiquement personne ne voulait changer de patron. De toute manière, elle ne faisait aucun effort pour retenir quiconque contre son gré, car elle avait devant elle un siècle à gérer.

Dans cet univers, la seule chose qui étonnait vraiment les nouveaux engagés de la ruche fut les règles de savoir-vivre. C'était pour la plupart d'entre eux la première fois que l'on en imposait et pour beaucoup cela ressemblait à des archaïsmes. Mais grâce à cela, les frictions entre co-habitants étaient très amoindries et ce fut sans encombre que la deuxième ruche fut prête, quoique pour ainsi dire inhabitée.

Une troisième ruche se préparait pendant que l'on désassemblait la première copie, presque cinq cents astrolabs préparés pour héberger plus de vingt mille colons. Un à un, les astrolabs étaient introduits dans le conduit x2-plasmique à l'aide d'une petite flottille navettes, tous les tychodrômes disponibles avaient été réquisitionnés.

On en était au troisième envoi d'astrolab lorsqu'un incident se passa.

Évidemment, les Organos eurent le réflexe d'accuser les autres, c'est-à-dire les Otros d'une mauvaise manipulation. Qu'importe, les modules quatre et cinq s'étaient séparés trop brusquement et l'un d'eux dériva directement vers Titan. À son bord, il y avait une jeune famille de biologistes chargés de démonter les serres. Négligeant les consignes de sécurité, ils occupèrent des habitations adjacentes pour garder leurs deux enfants plus près d'eux et dans plus d'espace. Par bonheur, la gravitation de Titan était très faible, la chute fut lente. Il n'y avait donc pas eu de véritable catastrophe, mais ce fut la première fois qu'Organos et Otros se réunirent pour sauver les occupants du module.

Il y eut plus de peur que de mal et rapidement tout revint à l'ordre. À partir de cet instant, seuls les astronautes accomplis occuperaient les modules non amarrés.

La famille rescapée de la dérive tenta de trouver l'Impératrice pour s'excuser selon les traditions terriennes d'avoir troublé ses plans, et la supplier de ne pas l'expulser du projet. Déjà, la vie était dure sur Terra et c'était pour eux l'unique chance de s'en tirer et par la même occasion de fuir maints souvenirs amers. Retourner sur leur planète eût été plus qu'un échec.

Mais l'impératrice était difficile à joindre et à localiser, comme il était normal pour tous les chefs d'État, voire pour maints chefaillons.

La plupart des collaborateurs engagés dans la mission ne savaient rien d'Afsânè. En général, elle convoquait ses « employés » dans des endroits les plus inattendus : hall d'hôpital après un accouchement, quai de transport en commun, jardin public... Évidemment, ce n'était jamais elle qui était aux rendez-vous. Chaque fois, le recruteur leur avait dit que leur profil avait été remarqué pour une mission particulière. Quand les élus demandaient quel était le type de mission, invariablement, la réponse laconique tombait : « coloniser l'espace ». S'ils étaient partants, ils avaient un autre et unique rendez-vous. Là, des astronautes venaient les chercher et les conduire vers des petits aérodromes où ils embarquaient à bord de tychodrômes, ces navettes qui reliaient en général le sol et les engins en orbite. Mais ces petits vaisseaux les conduisaient jusqu'à la base en orbite autour de Titan, car ils utilisaient des conduits x2-plasmiques.

Au cours de leur recherche, le couple rencontra même des employés « recrutés » autrement et dans un autre but. Ils étaient en quelque sorte en transit avant de se rendre sur Hôdo, une planète déjà colonisée.

Tout le monde disait qu'Afsânè se trouvait sur la base de Titan, mais en fait personne ne pouvait le confirmer en dehors des astronautes qui en étaient sûrs, à tel point que certains pensèrent que l'Impératrice était en fait astronaute et que son titre devait désigner une sorte d'amiral de flotte ?

Le couple de biologistes arrivait si péniblement à obtenir des informations qu'il redoutait sans cesse que quelqu'un leur répliquât comme sur Terra : « On vous paie pour travailler, pas pour chercher qui vous paie ! »

Dans la station de Saturne, le travail semblait à peine surveillé. Et encore. Les associations d'activités se faisaient et défaisaient au rythme des besoins. Il y avait toujours un expert ou un conciliateur spontané qui organisait les équipes. Parfois, l'équipe ainsi constituée restait soudée pour les projets suivants, parfois aussi, certains travailleurs se comportaient indépendamment, sans attaches, offrant leur compétence là où ils se sentaient à l'aise.

Leur seul point commun entre tous les embauchés était la paie donnée par Afsânè, un salaire individuel dont on ne connaissait pas les modes d'évaluation et personne semblait avoir voulu le renégocier. De toute manière, la majorité se serait retrouvée avec des boulots précaires ou hors de leurs goûts et de leurs véritables compétences. Ainsi, personne n'avait recherché des contacts avec la mystérieuse impératrice. Pire, elle était même évitée de peur que leur bien-être ne fût perturbé, car pour de nombreux civils, c'était la première fois qu'ils se sentaient reconnus pour leur valeur dans un monde où l'agressivité se défoulait dans la recherche de progression hiérarchique plus que dans celle de rendements prétendument évalués scientifiquement.

À force d'enquêter, les deux biologistes découvrirent qu'il y avait deux catégories d'employés qui sortaient du lot. La première regroupait des experts assez taciturnes nommés « Saintes », probablement parce qu'ils devaient appartenir un ordre religieux. La seconde était composée des astronautes qui avaient un fort esprit de corps. Ces deux groupes de personnes semblaient en savoir plus qu'ils n'en disaient. Ils se contentaient souvent de dire que l'impératrice évitait de rencontrer les « terriens ». De plus, elle n'avait pas à proprement parler de quartier résidentiel quand elle travaillait, car elle voyageait souvent. En insistant, car il était évident qu'elle devait se reposer quelque part, le couple finit par apprendre que ce lieu était dans la zone des « Saintes » et des mutants.

Des mutants, la famille de biologistes en avait rencontré quelques-uns. En fait, elle avait confondu avec les cyborgs, dont l'aspect hargneux que le peu de chair du visage laissait paraître sous leur carcan ne les avait pas incités à nouer des contacts d'autant plus que leur démarche était souvent impressionnante, mêlant poids et souplesse à l'instar des tigres.

Ici, c'était la première fois qu'elle en rencontrait, des vrais. Ils n'étaient pas particulièrement affreux, comme l'image populaire se les représentait. Il était évident pour les biologistes que les mutants ne pouvaient être que « normalement » constitués, non seulement pour survivre, mais aussi pour naître, car ceux qui leur donnait naissance n'avaient sûrement pas de scrupule pour les éliminer par « manque de soins ». La plupart d'entre eux avaient plutôt l'air dégénérés, ce qui n'aidait pas non plus pour ouvrir le dialogue. Ils ressemblaient à des chimpanzés plus ou moins poilus, plus ou moins élancés. En plus de cela, leur élocution laissait parfois à désirer rendant difficile toute conversation.

Enfin, au bout d'une semaine de recherche, les biologistes avaient trouvé les fameux quartiers des « Saintes » et des mutants. Ils étaient pourtant dans la même couche gravitationnelle constituée par les astrolabs les plus externes à la structure et utilisée pour l'hébergement, mais aucune voie d'accès évidente n'y conduisait. En fait, il fallait y accéder en faisant un détour par des astrolabs utilisés pour les ateliers et les entrepôts, rien de très touristique. Cela ressemblait presque à une soute de navire, sauf qu'il fallait descendre les escaliers pour accéder à l'étage supérieur à cause du sens de la pesanteur de la ruche.

Quand enfin le couple déboucha dans les quartiers de l'impératrice, une paire d'astrolabs accolés l'un à l'autre à l'instar de toutes les unités habitables, ils arrivèrent tout d'abord dans un vivarium ou plus précisément une serre très particulière, comme s'il s'agissait d'un nouveau modèle. Les deux biologistes virent que l'astrolab était divisé en quatre jardins. Chacun d'entre eux pouvait être hermétiquement isolé, aussi, chacun possédait un accès à l'astrolab d'habitation adjacent et une trappe permettait de « monter » dans la partie inférieure.

Les jardins étaient plongés dans quatre moments différents de la journée, et représentaient des paysages variés chacun dans une saison distincte. Les parois transparentes qui les séparaient permettaient de les voir d'un coup d'œil d'un bout à l'autre de l'astrolab. À une extrémité, se trouvait la serre chaude et humide, et à l'autre, une serre froide. L'exubérante végétation tropicale et le conifère donnaient plus de profondeur à l'astrolab, mais toutes deux étaient plongées dans la nuit et le couple ne pouvait s'en rendre compte. Une aube simulée commençait à éclairer la serre semi-aride ou un olivier surgissait d'une végétation basse, mais il était bien autour de midi dans la serre tempérée. Dans ce dernier décor, les biologistes remarquèrent sous un cerisier qui venait de donner ses derniers fruits quelqu'un en tenue de survie, ce qui ne semblait pas se justifier en ces lieux. La femme biologiste était sûre que le visage fortement éclairé de par l'intérieur de la combinaison, était vert. Le couple n'eut guère le temps de s'en approcher, car un cyborg surgit de derrière des roches artificielles recouvertes de véritable mousse, lichen et fougère.

— Vous devez être les Organos qui cherchent à rencontrer l'impératrice, interpella-t-il sans aménité.

— Heu ! Vous êtes déjà au courant, firent en chœur les deux intrus, embarrassés de se savoir attendus. Vous faites partie de sa garde ?

— Si l'on veut.

— Vous ne nous demandez pas la raison de notre venue ?

— Non, ce n'est pas mon problème tant que vous ne présentez pas une menace.

— Alors, comment fait-on pour voir l'impératrice ? Comment se fait-on

annoncer ?...

— C'est déjà fait.

— Peut-on lui rendre visite alors ?

— Je vous y conduis. Veuillez me suivre.

Les deux visiteurs et leur guide se dirigèrent vers la porte du jardin qui conduisait à l'autre astrolab. Elle était entre les deux étages à mi-hauteur de la paroi verticale et débouchait de l'autre côté dans une coursive. La structure avait été modifiée pour permettre le passage transversal d'un astrolab à l'autre sans recourir à des sas, des portails décalés et autres écoutilles de tout acabit. Quelques marches conduisaient soit aux habitations supérieures soit aux inférieures. Tout laissait penser que l'architecture avait été prévue pour une pesanteur naturelle au sol et non engendrée par la rotation.

À leur surprise, ils furent conduits dans une unité toute traditionnelle de huit habitations aménagées autour d'une zone de travail. Ce qui était étonnant, ce n'était pas tant de voir que les quartiers avaient presque le même aménagement que ceux des astrolabs standards, mais qu'Afsânè ne jouissait d'aucune amélioration liée à son rang. Même la salle commune ne semblait pas indiquer que l'on avait à faire à une impératrice. La pièce en désordre évoquait plutôt une tente de généraux en campagne, avec des plans projetés en plusieurs endroits.

La maîtresse des lieux semblait les attendre et les accueillit tout de suite par leur nom :

— Bienvenue, Nôka et Kerus !

Puis, remarquant l'air ahuri de Kerus, elle lui demanda :

— Quelque chose vous trouble ?

— Oh ! excusez-moi j'ai...

— Parlez franchement.

— C'est que vous ressemblez tellement à une icône...

— Une icône ?

— C'est que... Ce n'est pas vraiment une reproduction, vous savez. Enfin... C'est une image, un avatar informatique qui est resté en service et que tout le monde peut représenter sur n'importe quel allinone.

— Un avatar hors service ?

— Oui, normalement, les avatars des défunts sont retirés du Réseau. Parfois, il y a des oublis, intentionnels, à mon avis. Oh ! Je suis vraiment, vraiment impardonnable.

Son épouse se mit à sangloter.

— Puis-je vous demander pourquoi tant d'émoi, s'inquiéta l'Impératrice qui n'aimait guère de telle manifestation à son égard ?

— Nous avons pêché en en parlant, mais je vous jure que je ne l'ai jamais vue.

— Alors, pourquoi avez-vous été étonné de me voir ? Dites-moi, vous n'avez jamais vu cette icône et tout semble indiquer que je lui ressemble. Parlez, franchement je vous prie ! Je préfère la vérité au mensonge quelle qu'elle soit.

— Oui, mais c'est par hasard que je l'ai vue.

— Par hasard ? Qu'importe ! continuez !

— Je vous assure.

— La persistance dans le mensonge m'importune. Soit, vous avez vu une image à mon effigie. Et alors ?

— C'est que, cet avatar... a aussi le même nom que vous. En fait, c'est l'avatar d'une héroïne de mon peuple, morte dans de tragiques circonstances, c'était l'Impératrice Afsânè.

— Ne soyez pas si troublés, et cessez de pleurer. Qu'y a-t-il d'étonnant qu'une image, sans doute de qualité médiocre, vous donne l'impression que je suis de la même famille ? Je doute que cela soit le motif de votre visite que vous avez si désespérément voulu. Quant au nom...

La femme se ressaisit, et se hâta de prendre la parole afin d'éviter que son mari ne commette d'autres bévues. Elle devinait que celui-ci allait dire s'il continuait à dire n'importe quelle incongruité : « mystérieusement morte... on n'a jamais retrouvé son corps ». Comme si elle pouvait être encore en vie, et jeune, après si longtemps !

— Nous voulions vous voir pour vous demander pardon d'avoir été source de tant d'ennuis dans l'astrolab qui a dérivé.

Une Organos n'aurait sûrement pas pu rester aussi impassible qu'Afsânè qui pourtant en son for intérieur était perplexe devant un tel discours.

— Vous me demandez pardon ? Mais ! Pourquoi ? Ce n'est pas vous qui l'avez fait dériver, et quand bien même, vous êtes vivants et c'est le principal.

— Comment ? Vous voulez dire que même si l'astrolab s'était écrasé sur Titan à cause de nous, vous ne nous en voudriez pas ?

— Vous en vouloir ? Vivre et agir ne peut se faire sans erreurs, sans tâtonnements. Ou alors vous ne faites rien

et vous ne vivez pas. Je ne comprends pas. L'enseigne-
ment en Persomésopotamie vous a-t-il inculqué le sentiment de culpabilité plus que celui du bon sens ?

— Nous n'y vivons pas, nos familles ont fui lors des
guerres.

— Ah ! Je comprends. Me voici rassérénée sur ce point,
mais vous n'allez pas me faire croire que vous avez fait
l'impossible pour me voir rien que pour demander un pardon ?

— En fait, nous voulons tellement rester parmi vos employés...

— À ce point ? Pourquoi ?

— Parce que ce travail nous plaît, pas à cause du
salaire, mais pour lui-même. Nous avions toujours rêvé
construire une ville de rêve...

— Vous m'en voyez réjouie. C'est de gens comme vous
dont j'ai besoin... À une condition pourtant.

— Tout ce que vous voudrez répondit en choeur le
couple.

— Ma porte vous sera toujours ouverte, mais ne venez
plus jamais pleurnicher. Ceci ne sera que votre première
ville. Cosmopolis. Ce ne sera qu'un point de départ vers
d'autres univers. Faites de celle-ci une semence de
paradis, c'est ce que je vous demande.

Afsânè regarda ces plans dès que Nôka et Kerus
eurent quitté ses quartiers.

Cosmopolis n'était pas le but en soi. C'était comme une
grande répétition avant le départ.

Un nombre croissant d'astronautes et assimilés viendraient peupler Cosmopolis à l'instar des pionniers de
Hôdo dans leur vaisseau le Livingstone. Mais ils étaient
cette fois des milliers.

Chapitre 6.- Le métropolitain mésopotamien

Le transfert de la première ruche s'était bien passé, mais elle n'avait été envoyée d'une part qu'en orbite autour de la Lune Diana et d'autre part, aucun Organos autre que les astronautes n'y habitait.

Il fallait donc pour l'essai suivant peupler la deuxième colonie, cette fois, principalement avec des Organos et très peu de Synth et d'Otros afin de se prémunir contre l'intolérance des premiers à leur égard des seconds. Une autre différence aussi serait que cette fois-ci, ce groupe partirait loin, très loin. Ce n'était plus un essai de portail, l'exode commençait.

Les conduits X2-plasmiques du réseau intersidéral étaient en place. Il était temps qu'Afsânè s'occupât de Terra.

Pendant son séjour autour de Saturne, les Otros lui avaient suggéré quelques idées pour transporter d'énormes quantités de gens. Ils lui avaient raconté qu'entre le 20 et le 21e siècle des populations gigantesques migraient d'un point à l'autre de Terra, généralement entre leur site de résidence et leur site de travail. Ces flots de chair humaine se concentraient dans toute sorte de véhicules qui avaient presque tous la même forme : de longs couloirs avec la possibilité plus ou moins grande de s'asseoir ou de s'appuyer pendant le voyage. Le confort initial avait laissé place à la fréquente victoire de la quantité sur la qualité. Ces convois circulaient sur rails, beaucoup sous terre, et certains à la vitesse du son.

Les Otros et les Nones (ceux qui n'avaient pas d'identité après avoir perdu leur dernier allinone) avaient investi ces anciens tunnels désaffectés. S'ils pouvaient remettre en circulation ce type de transport avec l'aide des Synths, les habitants pourraient être alors acheminés rapidement de tout point de la planète vers les astroports et portails. De plus, ce type de fourgon, plus petit qu'un astrolab se remplissait rapidement. En construisant des « extensions » X2-plasmique adaptées en « métro » spatio-temporel, la liaison serait aussi assurée entre Terra et Saturne sans monopoliser aucun des astrolabs utilisés pour fabriquer les futures et lointaines cités.

Mais comment rester discret ? De tels mouvements de populations risquaient d'éveiller la curiosité. Les Dominants essaieraient d'en tirer profit dès que les « journalistes » enquêteraient en espérant trouver le scoop qui permettrait de monter de grands shows spectaculaires risquant d'engendrer la panique s'ils en découvraient le but, sans compter l'opportunité offerte aux terroristes soucieux de faire eux aussi leurs coups d'éclat.

Afsânè pensa alors utiliser les rituels des peuples de sa région et des voisines pour créer des transports vers des lieux saints. Il y en avait trois importants au moins. Jérusalem, La Mecque et les Jardins suspendus de Sémiramis en Néo-Babylone. Ce dernier site attirait une foule importante de touristes et de croyants des religions de la seconde renaissance. De plus, l'endroit était riche et servait souvent de lieu de détente avant ou après le pèlerinage de La Mecque, il était donc normal de voir surgir un transport direct reliant les deux cités religieuses. Mais l'impératrice savait combien la susceptibilité des Organos pouvait être chatouilleuse dans le domaine de la foi. Une liaison vers Jérusalem permettait de montrer une certaine neutralité.

Le jardin était la principale attraction de l'Empire perse, un symbole de paix et de sérénité, un hymne à Gaïa. Vu de l'extérieur, c'était une gigantesque architecture de plusieurs kilomètres carrés évoquant les jardins suspendus que l'on pouvait admirer dans son ensemble du haut d'une ziggourat qui se dressait au milieu.

La famille impériale l'avait fait construire peu à peu sur le palais principal à la fois pour mieux protéger les Synths de toute indiscrétion et pour abriter les différents et nombreux générateurs X2-plasmique qui entretenaient les conduits répartis un peu partout dans tout le système solaire. Ces jardins offraient un merveilleux décor qui donnait accès seulement aux parties visibles de la résidence, c'est-à-dire les pièces destinées à recevoir des visiteurs Organos. Mais dans les coulisses derrière les murs, et, profondément dans les entrailles du palais, s'étendait une ville de Synths. Ils s'affairaient discrètement à la gestion de l'État persomésopotamien, ainsi que celle de toute leur communauté. En plus, ils s'occupaient des Hôdons candidats ou résidants sur Terra et des Otros cherchant refuge.

Bien sûr, les vieux tunnels du métropolitain n'aboutissaient pas dans la zone privée des Synths, mais tout autour du palais le réseau était dense et pouvait aiguiller une foule gigantesque drainée par le réseau express régional. Afsânè jugeait qu'il y aurait une perte de temps à fabriquer de nouvelles structures, et récupérer ces vieux tunnels ne posa pas de problèmes dans l'empire, région du monde où le nombre de SDF était des moindres. Mais ailleurs, il fallait souvent déloger les habitants des couloirs et, étant Synth, c'est-à-dire respectueuse de toute l'humanité, les reloger convenablement. Normalement, les Nones, ces SDF démunis d'allinone, n'avaient aucune excuse de réinsertion puisque les Synths pouvaient refabriquer leur identité perdue. Il était souvent si facile à retrouver le passé de ces hommes qu'il ne comprenait pas toujours très bien comment la spirale infernale de la déchéance s'était repliée sur ces bannis. Il était vrai que parfois il s'agissait de personnes qui s'excluaient elles-mêmes et souvent dans ce cas il n'y avait presque plus rien à faire. Ceux qui étaient socialement réintégrables, eux, avaient le choix soit de partir en mission hors Terra soit d'aménager les lieux libérés par ceux qui étaient déjà partis.

Malgré tous ses efforts, Afsânè avait déjà calculé qu'un nombre innombrable de Terriens mourraient dans la catastrophe : elle n'aurait jamais assez de temps pour les sauver tous. Même si elles les envoyaient dans des cargos à bestiaux sur Hôdo, elle n'y arriverait pas. Alors, en attendant de trouver une meilleure solution, elle opta pour que ceux qui partent soient traités le mieux possible puisqu'ils étaient moins nombreux que prévu. Elle avait déjà rencontré tant de frilosité, et pourtant les voyageurs étaient majoritairement d'anciens SDF qui n'avaient rien à perdre, au contraire.

L'impératrice se consolait en se disant que cela laissait plus d'opportunités pour les Otros, les astronautes à la retraite et les candidats pour Hôdo. Pourtant, dès le départ, elle s'était attendue à ce que l'humain hésite à quitter sa planète natale. Le respect de toute forme d'intelligence l'obligeait souvent à accepter les choix de l'autre, même s'il semblait illogique.

Dès que tous les couloirs qui sillonnaient les sous-sols de la capitale furent libérés de SDF non complices, Afsânè entreprit de construire des minix2-plasme, qui permettaient aux véhicules de bondir d'un réseau métropolitain à l'autre et aussi de se transporter dans l'enceinte même du palais, afin que tous les métros du monde convergent peu à peu vers la Mésopotamie.

Il ne fallait pas que les passagers s'en rendissent compte, car la technologie des conduits était synth et totalement inconnue sur Terra. Aussi, décida-t-elle de monter des tubes semblables aux astrolabs qui « avaleraient » les rames de métro d'une voie de garage pour le « vomir » dans un autre réseau. Le trajet serait tellement court, que ces structures serviraient de ralentisseurs donnant l'illusion que le voyage prendrait un temps plus réaliste par rapport aux moyens technologiques connus. Pendant le trajet, une simulation projetée sur les parois de ces astrolabs donnerait l'illusion que l'on se déplaçait à toute vitesse dans un couloir, en même temps que des vibrations diverses simuleraient un véhicule lancé à toute vitesse.

La création d'« avaleurs de rames » n'avait pas que le but de relier tous les métros entre eux. Ils étaient en fait et surtout le moyen de transporter directement les passagers vers Saturne et plus loin encore en cas de nécessité. Leur ressemblance avec les astrolabs ne paraissait alors pas une simple coïncidence.

Se méfiant de la curiosité malsaine des Organos, tout le métropolitain fut remis en service sans publicité « visible ». Le bouche-à-oreille faisait son office à partir des premiers passagers qui furent des Synths et des SDF complices vantant les avantages de leurs voyages. Peu à peu, les gens revenaient découvrir ces lieux que le terrorisme latent avait prétendument condamnés à la satisfaction des constructeurs de moyen de transports individuels circonstanciés. Mais si lentement...

Afsânè imagina alors un plan machiavélique pour encourager les Terriens à partir dans l'espace : elle recruta des « illuminés » qui prédisaient la fin du monde. Il y en avait toujours eu et ils avaient toujours eu leurs adeptes. Il suffisait de les aider un petit peu, car cette fois-ci, ils n'avaient pas tort. Pour faciliter leur propagande, il fallait leur donner un large public tel que celui des centres de pèlerinage, touristique, religieux ou culturel. À la différence des autres prédicateurs, ceux-ci devraient donner l'espoir à l'Humanité de pouvoir fuir l'apocalypse. Bien sûr, tous n'étaient pas assez « fous » pour tomber dans le piège d'Afsânè, mais il n'en fallait pas beaucoup : trois, au départ, suffiraient.

Ensuite, quoi de plus simple pour des êtres qui vivaient de l'information du Réseau que de diffuser ces prêches de la fin du monde. Qu'importe si les présentateurs d'informations en disaient du mal ou non, l'important était qu'ils en parlent et que des millions l'entendent ou le voient. Pas besoin de technique louche comme le message subliminal... Il suffisait de dire ce que les gens voulaient entendre avec un peu de « valeur » ajoutée. Les prêcheurs officiels savaient comment s'y prendre. Ceux-là, surtout ceux qui avaient suivi des cours ésotériques et surtout hermétiques de communication, car leur gagne-pain était la domination des esprits, posaient à leur insu les pièces d'un puzzle d'une nouvelle vie alors même que les leurs étaient piochées dans les sempiternels cimetières de souvenirs frustrés, de symboles ambigus, d'espoirs utopiques et de rêves sans fin.

Chapitre 7.- La menace de Kâlî

Malheureusement, le plan d'Afsânè avait de nombreux inconvénients. Les Organos savent très facilement convertir leurs doutes en convictions fanatiques. Ainsi naquit un mouvement qui se revendiquait les mercenaires de la « fureur de Kâlî ». Cette secte mettait en péril l'utilisation de l'interconnexion entre le réseau babylonien et ceux de l'Asie du Sud-Est. Les apôtres de cette secte propageaient la rumeur que ce n'était pas un hasard si un lien mystérieux reliait les temples de leur déesse à Singapour et à Calcutta au moyen d'un tunnel sous-marin, invisible, dont aucune archive ne révélait l'existence. C'était le genre de diffusion que n'appréciait pas trop Afsânè.

Cette région souffrait de guerres et de toutes les colères de la Terre. Les révolutions succédaient aux séismes, les épidémies aux actes terroristes, les guerres civiles aux raz de marée. Les cimetières et les orphelinats y étaient plus nombreux que les hôpitaux ravagés par les intempéries et les intolérances. D'ailleurs, ces structures, hôpitaux, orphelinats et cimetières, étaient gérées au niveau planétaire, non par générosité, mais par le besoin de recenser en permanence le nombre de vivants qui était considéré comme ayant dépassé la limite acceptable pour la planète.

Depuis longtemps, pour limiter le développement démographique, les humains n'avaient droit qu'à un enfant par personne, ainsi, un couple ne pouvait en avoir au plus que deux. En règle générale, les familles composites de n femmes et m hommes ne pouvaient avoir au plus que m+n enfants. Les règles s'étaient durcies avec le temps à telle point que la période de procréation légale n'était autorisée que de 25 à 30 ans. Les parents inféconds devaient accueillir des orphelins après 35 ans, pas avant. Il y avait deux types d'orphelins : ceux dont le tuteur était mort avant que l'enfant ait 24 ans et ceux qui avaient été illégalement mis au monde. Une pure arithmétique gérait la croissance de l'humanité...

Les orphelins « illégaux » formaient le gros des troupes de tous les enrôleurs faux prêcheurs ou non. Leur désir de revanche en faisait des proies d'autant plus faciles qu'ils étaient âgés, et donc qu'ils n'avaient pas été accueillis par des tuteurs. Les « vieux » ne pouvaient remplacer d'autres enfants ayant à peu près le même âge à condition que le parent soit devenu légalement ou non infécond. Les demandes étaient rares et les mafias d'assassins enseignaient à ces orphelins qu'ils pouvaient précipiter leur adoption en éliminant leurs concurrents. De fil en aiguille, ces jeunes devenaient des tueurs à gages.

Mais parmi tous les assassins, il en existait une catégorie qui ne le faisait que pour plaire à leur déesse. Ceux-là se prenaient pour des sacrificateurs.

Ce qui troublait Afsânè, c'était que ces adolescents étaient plus jeunes qu'elle. Tous avaient moins de vingt ans... Mais sa mission ne permettait pas de sauver tout le monde, elle devait choisir, donc condamner.

Chaque personne jugée dangereuse par la communauté était isolée de manière différente selon les traditions locales. Certaines communautés condamnaient à mort, d'autres, à l'anonymat c'est-à-dire au retrait de l'allinone. Pour Afsânè, la peine maximum, c'était laisser la personne sur Terra en espérant que la descendance soit acceptée pour émigrer avant l'apocalypse.

La compassion ne lui permettait pas de tergiverser même si elle savait qu'il y avait sûrement de l'injustice dans la rigueur de ce traitement. Mais quel critère pouvait être juste ? Au moins, elle, elle n'agissait pas par souci de vengeance et ceux qui devaient rester sur Terra continuaient à y vivre comme ils l'entendaient et à y trouver le repos bien avant la disparition de leur planète. Elle espérait souvent que le temps arrangerait les choses et que, l'âge aidant, ces jeunes fous gagneraient en sagesse.

En deux ans, la secte « la fureur de Kâlî » avait gangrené tous les métros des continents européen, asiatique et pacifique. L'impératrice s'était trompée en pensant que le mouvement était éphémère et que l'ignorer était la meilleure solution. Hélas, il était même trop tard pour l'arrêter et le faire disparaître même par la violence, ce qui était hors de propos pour un homo syntheticus. Pourtant, elle savait qu'il était dangereux de jouer avec les démons humains en respectant la première loi de la Charte de Hôdo : respecter toute forme d'intelligence... C'était un choix qu'elle jugeait incontournable. La question étant posée, il restait à trouver la réponse comme le disaient les Synths.

En attendant, la secte ébranla les plans d'Afsânè et au lieu que l'idée de fuir Terra se développe, les gens firent un malheureux amalgame entre les scientifiques qui annonçaient la catastrophe, les prêcheurs de fin du monde et la secte de la fureur de Kâlî. Les populations en déduisaient qu'il ne s'agissait que de catastrophismes publiés pour cacher la grisaille quotidienne dans laquelle croupissait un mal-être endémique souvent confondu avec un mal-avoir. L'impératrice se demandait si elle n'avait pas perdu deux précieuses années à mettre en place un projet qui n'aboutissait pas, mais toutes les analyses celles de ses conseillers et les siennes la convainquaient qu'il fallait garder néanmoins le système de métro pour conduire les terriens vers leurs futures destinations.

Afsânè décida de changer de technique de propagande pour partir dans l'espace. Elle envoya des Synths dans toutes les agences de recrutement espérant ainsi engager à la source même tous ceux qui étaient intéressés par des travaux qu'elle proposerait sans plus préciser que le but était de quitter définitivement leur monde. Mais là, une autre déception l'attendait. Elle croyait que les chômeurs se jetteraient sur ses propositions d'exploration spatiale, mais beaucoup faisaient la fine bouche. Quitter le sol ferme ne leur paraissait pas envisageable même avec des salaires surévalués. Parmi ceux qui acceptaient, beaucoup n'avaient pas de compétences adéquates pour la mission qui consistait à construire des mégalopoles à partir de rien, mais elle acceptait néanmoins ceux qui avaient un enfant ou qui étaient biologiquement et légalement aptes à en avoir.

De plus, tous les corps de métiers n'étaient pas également présents dans les bureaux de recrutement : il manquait des médecins, des architectes, des métallurgistes... Certains métiers d'experts ne passaient même pas par les filières traditionnelles de l'embauche peu dignes de leur « génie ». Heureusement, tous les spécialistes pouvaient être rapidement retrouvés par les Synths. Mais à force d'en envoyer pour combler les places vides, il y en avait à peine assez sur Terra pour le recrutement. Quant aux astronautes, à l'exception d'une petite équipe surveillant le transfert des poubelles, ils étaient tous impliqués dans le projet Hodos-Ex-Terra, même les nouveaux. Afsânè délégua le recrutement « normal » aux biologistes Nôka et Kerus, ses fidèles complices Organos. Hélas ! malgré tous les efforts, cela ne remplissait guère les voitures du métropolitain.

Afsânè n'était pas au bout de ses désagréments avec la secte de la fureur de Kâlî : le bouche-à-oreille était le mode privilégié de communication de cette dernière. Certes, les on-dit se propageaient tôt ou tard dans le réseau, et les Synths découvraient plus ou moins vite leur présence, leur importance et leur pertinence. En tout cas, trop lentement pour suivre en temps réel les manoeuvres de l'étrange clique mystique.

La période de maturation de l'information oscillait de controverse en controverse entre les transmissions orales et écrites. Peu à peu, les discussions verbales se distillaient dans le Réseau qui venait uniformiser la connaissance générale, une sorte de culture planétaire. C'était un instrument des plus dangereux dans les mains des Dominants qui s'en servaient pour que l'humanité se comporte comme ils l'entendaient. La félicité pour tous n'était en fait qu'une soumission aveugle économique et psychique pour satisfaire la recherche de bonheur d'une minorité. Les Synths qui n'étaient pas sensibles aux chants des sirènes les attirant vers les biens matériels pensaient que l'hypnose collective ne pouvait qu'être préjudiciable, aussi, depuis longtemps, ils travaillaient déjà à briser les chaînes de l'esclavage à la pensée unique. Mais, leurs activités s'arrêtaient là où commençait la zone d'ombre qui séparait l'individu de la société. Et c'est à cause de tout cela que les Synths ne virent point naître une secte telle que celle de la Fureur de Kâlî. Ils la laissent même croître et embellir, car ils refusaient de pratiquer la censure qui prenait souvent des allures démagogiques chez des Dominants.

Les Synths étaient des êtres beaucoup plus logiques que les Organos et beaucoup moins aveuglément passionnels. Pour eux, les extrêmes n'étaient ni plus ni moins que les « centiles » statistiques qui délimitaient les écarts maximums d'une société. C'était un peu comme les rives d'un cours d'eau. S'il est inévitable que des vagues viennent lécher les berges, le flux de toute manière creuse le lit. Mais les Organos, ceux qui se disaient partisans du « bon sens », redoutaient les extrêmes et ses extrémistes. Ils s'efforçaient d'en effacer la moindre trace, ce qui était une triple erreur pour les Synths. C'était comme vouloir détruire l'instrument de mesure qui indique une valeur non conforme aux exigences ; c'était refouler dans l'ombre toutes les déviations inévitables de toute recherche qui tâtonne ; c'était dissimuler lâchement toute opposition au lieu d'affronter la source des conflits et de trouver des solutions pour aller plus encore dans l'évolution... Afsânè contrairement aux « sages » Organos savait qu'elle aurait à compter avec la secte de Kâlî même si elle le redoutait. De toute manière, elle savait que plus les Organos seraient impliqués dans la mission de Hodos-Ex-Terra, plus son anonymat en tant que Synth serait compromis.

Le fait que le métropolitain était devenu un lieu de rencontre clandestin pouvait porter un autre préjudice à son projet : des curieux pouvaient s'apercevoir de l'existence des conduits x2-plasmique qui étaient pratiquement inconnus sur Terra, car seuls les Synths en avaient la technologie. En effet, les membres de la secte appréciaient se réunir et se réfugier dans les couloirs les moins fréquentés du métropolitain, précisément ceux qui étaient destinés au projet Hodos-Ex-Terra, là où les conduits X2-plasmiques se déclenchaient à l'approche de la rame. Si des clandestins erraient à proximité, ils ne pouvaient que constater la disparition des trains dans la roche et en suivant les bons conduits et les bonnes voitures, ils pouvaient dangereusement s'approcher du coeur du système : les jardins abritant les secrets des empereurs de Persomésopotamie.

Kerus eut alors l'idée de chasser l'obscurité par la lumière. Puisque l'impératrice ne pouvait pas utiliser l'aide des Synths et des Otros déjà pleinement occupés, et qu'elle ne pouvait trop compter sur les Organos, il fallait que ces derniers y contribuent à leur insu. Pour cela, il pensait attirer les foules dans les coins d'ombres en les transformant en lieu de résidence ou de tourisme. Puisque le Palais impérial était un lieu très visité pour ses jardins suspendus, pourquoi ne pas offrir aussi des serres souterraines dignes de Sa Majesté ? Il lui suffisait d'installer celles-là justement que Nôka et lui-même créaient dans les astrolabs. Et pourquoi, tout compte fait, ne pas reproduire ces habitats de l'espace dans les sous-sols ? Il y fallait des gardiens, des concierges, des hôteliers pour louer les chambres... un travail qui pouvait être donné aux anciens occupants des souterrains, les nones, qui au lieu de quitter Terra, voulaient s'y réintégrer socialement. La fabrication des astrolabs du métropolitain fut à peine adaptée. La partie supérieure était agrémentée de parcs alors que la partie inférieure cachait l'étrange machinerie qui propulsait les rames de métro d'un point à l'autre de la planète. Et cela offrait un avantage non prévu à l'origine: de la publicité pour le voyage spatial.

Chapitre 8.- Les forges de Luna

La construction de la ruche n° 3 s'était fortement ralentie et le programme était en retard, car déjà il aurait fallu commencer la quatrième près de Saturne et en avoir déjà au moins une en orbite autour d'Ariane, mais pour l'instant seule la première était achevée.

Non seulement il manquait du personnel pour assurer l'attelage des astrolabs dans l'espace, mais aussi leur montage avant la mise en service, et pourtant les chômeurs n'étaient pas rares et l'impératrice n'était pas avare sur les primes.

La seule chose qui proliférait sans ralentir était la secte de Kâlî. Afsânè jugeait, en tant qu'impératrice connaissant bien la culture belligérante de l'homo sapiens, qu'il ne s'agissait pas de casser le thermomètre pour ôter la fièvre d'un malade. Ces manifestations correspondaient à un malaise qu'il eut été judicieux de soigner au lieu d'imposer le silence comme c'était le cas dans toute les formes de domination. Mais le temps n'était plus à la politique lorsqu'il y avait le feu à la demeure.

Afsânè aurait apprécié de pouvoir recruter aussi aisément que ne le faisait la déesse. En analysant la stratégie appliquée, l'impératrice constata que le recrutement se faisait dans les régions chaudes, délaissant complètement les territoires polaires. Elle ne savait pas pourquoi, mais le fait était intéressant. Les zones froides hébergeaient d'anciennes usines d'armement lourd et énergétique, idéales pour la construction des pièces détachées des astrolabs. Peut-être que les Organos s'y sentiraient plus à l'aise que dans l'espace bien que ces centres fussent profondément souterrains pour être à l'abri de toute attaque. La centrale de Laponie semblait être la seule qui serait rapidement remise en état de marche, mais il fallait trouver comment y acheminer les matières premières et la main-d'oeuvre. De plus, il était indispensable d'y amener beaucoup d'énergie, car la géothermique restait insuffisante.

Si l'usine était capable de produire la plupart des pièces détachées, il fallait les assembler et cela pouvait se faire difficilement sur Terra, même en utilisant les conduits X2-plasmiques. La Lune offrirait sûrement un meilleur endroit pour cette activité.

Luna était divisée en deux parties. La face cachée abritait toutes les activités illégales et la visible était occupée par toutes celles qui requéraient la supervision de Terra à des fins dominantes dans tous les domaines : militaire, policier, financier, informatif, culturel, politique...

Des cyborgs contrôlaient la frontière entre les deux moitiés de la Lune. Un important régiment avait établi ses quartiers dans une ancienne usine de montages d'astrolabs au nord de la région de Galiléi. Elle avait été désaffectée pour des questions de rentabilité, comme on pouvait s'en douter puisque c'était le motif principal de fermeture d'entreprises depuis toujours... Ces cyborgs-là n'avaient pas rejoint la cause des Otros défendue par leurs congénères de Terra et Hôdo, qu'ils considéraient comme des dissidents à la solde d'Afsânè. Pire, des informations indiquaient qu'ils allaient se rallier à Kâlî et qu'ils se considéraient eux-mêmes comme des élus importants dans la venue de l'apocalypse au service de la déesse de la Mort.

L'emplacement était stratégique. C'était en effet le seul endroit sur Luna où l'on pouvait construire à partir des minerais récoltés sur place des structures aussi complexes que des milanautes. Le centre était en plus équipé pour traiter des matériaux aussi divers que le thorium, le titane ou l'aluminium. Malheureusement, beaucoup de matériel avait été chapardé par la garnison qui occupait les lieux. C'était encore un contretemps, mais cet endroit précisément de Luna, était l'un des seuls endroits proches de Terra où l'on pouvait apporter de l'énergie sans trop attirer l'attention. En attendant, la centrale de Laponie servirait à réparer celle de la Lune afin d'y construire massivement les astrolabs indispensables à la colonisation.

L'aide de Mago Dioz, qui était inconnu dans les registres des cyborgs légalistes, pouvait s'avérer très utile. Afsânè lui demanda donc de se rendre sur place pour étudier la situation qui n'était pas en sa faveur. Comme la garnison était très isolée, elle espérait pouvoir brouiller les informations comme avait déjà commencé la secte de Kâlî, qui, malheureusement, utilisait souvent des techniques semblables aux siennes.

Mago Dioz utilisa une estafette de la sécurité qui avait été assignée aux grandes personnalités telles que les impératrices perses pour voyager sur la Lune. Le véhicule était haut sur pattes et ses roues à l'extrémité permettaient de rouler ou de marcher, voire d'agripper des prises, car il pouvait traverser les zones de fines poussières sans s'y enfoncer ou escalader les reliefs accidentés comme un insecte. Recouvert d'un revêtement catadioptrique rouge, avec ses décorations noires sur fond jaune électroluminescent, c'était un engin qui ne pouvait passer inaperçu. Il fut donc rapidement aperçu de loin.

Le chef de la garnison n'appréciait pas trop les visites inattendues. D'emblée, il afficha clairement qu'il n'avait pas l'intention de perdre son temps à recevoir les explications de l'homme chargé de la protection rapprochée de l'impératrice, et qui se disait porteur d'un message de la part de sa patronne. Malgré son envie de voir partir au plus vite cet inopportun coursier, son attention fut retenue dès qu'il apprit que la dame avait l'intention d'acquérir l'ancienne base. Elle prétendait, bien sûr, que la garnison serait bien relogée, et, à la rigueur, sur place. Dans ce cas, elle comptait sur les militaires pour l'aider à la reconstruction des lieux et, par la suite, sa protection. Les cyborgs de la garnison étaient forts ennuyés, car les communications étaient particulièrement de mauvaise qualité et la seule information qui pouvaient être captée était justement l'ordre de réquisition de l'impératrice, mais il était très difficile de savoir comment cela était avalisé par les Hauts Gestionnaires de Luna. Certes, il semblait bien qu'Afsânè faisait partie de l'assemblée réduite des grands Dominants, mais les recoupements pour confirmer cette nouvelle étaient bruités. Elle s'y connaissait surtout pour brouiller les émissions, mais ça, seul Mago Dioz le savait.

« Douteriez-vous de la parole d'une impératrice, la plus puissante du monde moderne ? » finit par demander ce dernier au chef de la garnison qui continuait à hésiter. Le rigorisme fut un peu ébranlé, mais suffisant pour retourner la situation.

« Écoutez, je souffre tout autant que vous de ces défaillances de communication. Je vous propose que nous nous rendions au plus proche poste de G8 pour prendre contact avec nos responsables spécifiques. Ce n'est pas loin, je peux vous y conduire. »

Si la garnison était officiellement un site de cyborgs légalistes, ce n'était qu'en façade. En effet, la troupe était constituée principalement de cyborgs « punis » dans ce trou éloigné de tous les autres. Leurs erreurs étaient diverses, fortes têtes, maladroits, ou victimes de « tares » qui empêchaient de faire d'eux de parfaites machines répondant au doigt et à l'oeil. Ce mélange avait produit des êtres aussi profondément misanthropes que Mago Dioz. Un curieux domaine d'entendement que le cyborg hôdon sut exploiter habilement.

La garnison avait trouvé en Kâlî une réponse à leur haine. Le représentant d'Afsânè n'ignorait pas que ce n'était pas la peine d'affronter son semblable sur ce sujet, mais il pariait que les prêtres de la secte ne viendraient pas le contredire, car ils vivaient bien confortablement au chaud sur Terra, aussi, il lui était possible de bluffer. Il commença par expliquer que la fin du monde avait bien commencé et qu'il n'était pas nécessaire d'en abréger l'apocalypse. Au contraire, il fallait qu'elle dure longtemps pour châtier Terra de toutes ses folies. Mais dans ce scénario, l'impératrice avait une mission spécifique en parallèle de Kâlî : sauver les élus qui survivraient, élus dont les cyborgs faisaient partie, car ils seraient les gardiens du nouveau monde.

Il s'attendait à la méfiance bien ancrée de son homologue, et il s'y était préparé. Évidemment, personne dans la secte n'avait jamais parlé de cette inconnue, Afsânè, qui jouait peut-être le jeu des Organos. Aussi, tourna-t-il cette situation à son avantage en proposant de rencontrer l'impératrice en personne afin qu'il puisse se forger sa propre opinion.

— Et où est-elle, maintenant ? demanda, perplexe, le chef de la garnison.

— Comme d'habitude, chez elle, dans l'empire perso-mésopotamien. Elle doit travailler dans son palais.

— Et vous voulez que je me rende sur Terre !

— Non ! Elle viendra si vous le voulez.

— Elle arrivera trop tard, car nous avons la visite prévue du Grand Prêcheur dans à peu près vingt heures.

Un coup de poker ? Mago Dioz ne se désarçonna pas.

— C'est plus qu'assez pour elle, vous la verrez avant votre prêcheur. Je vous parie qu'elle sera dans ses quartiers de Luna avant même que votre prêcheur ne décolle.

— Vous bluffez ! C'est techniquement impossible !

— Nous parions ? On n'est jamais à l'abri d'un miracle !

— Mieux ! Je vais prendre contact avec le prêcheur pour vérifier. Vous ne m'inspirez pas confiance avec votre Afsânè sortie de nulle part.

— Et qui vous dit que le prêcheur ne vous manipule pas ? Que connaissez-vous de lui ?

— Lui, au moins, je l'ai rencontré sur Terra, dans le métro mésopotamien.

« Quelle coïncidence ! » pensa Mago Dioz. Le chef continua :

— Nous avions eu vent qu'un groupe de cyborgs None avait été délogé pour permettre la construction de ce métro — « Et il ne sait même pas que c'est Afsânè qui en est l'instigatrice », constata, perplexe, Mago Dioz —. J'avais dépêché l'un des nôtres pour aller accueillir ces frères abandonnés, mais notre messager avait été lâchement assassiné par d'autres Nones. Alors, j'y suis allé en personne pour le venger. Mais il ne restait déjà plus de survivants ni cyborgs, ni SDF, ni rats... J'étais sur le point de quitter ces lieux de barbarie lorsque je suis tombé sur le prêcheur.

Mago Dioz ne savait pas pourquoi, mais cette histoire lui semblait falsifiée. Il était trop au courant des projets et constructions de son impératrice pour ignorer un tel massacre. De plus, si la secte de Kâlî était composée d'assassins, ces derniers ne s'en prenaient que très rarement aux démunis... Quelque chose ne collait pas et remarqua :

— N'était-ce pas un peu téméraire d'aller seul dans un coupe-gorge ?

— Je suis le plus fort et le plus habile de tous les cyborgs de cette garnison !

— Mais aussi leur chef... Et si la révolution perd son chef, il n'y a plus de révolution... À votre place, j'y serais peut-être allé, mais pas seul. Un bon commando pouvait s'avérer utile comme protection rapprochée, non ?

— Dites ! Voudriez-vous enseigner mon métier ? À moins que... Ah, je vois ! Vous voulez ma place ! C'est ça ?

— Trop peu pour moi ! Je mets mon honneur et mon bonheur à servir Afsânè. Mais vous, qui servez-vous ? Ma méfiance des Organos, que je pensais partagée, me faisait craindre une manipulation du prêcheur, mais en fait ne serait-ce pas vous qui manipuleriez vos révolutionnaires ?

— Comment ! Je vais vous tuer !

— Devant vos hommes qui se posent des questions ? Ils auraient l'impression que vous ne voulez aucune preuve qui vienne vous contredire. Du calme ! Nous sommes du même bord. Ne détruisons pas nos forces en lutte fratricide, nous rendrions service aux Dominants. Laissez venir ma prêtresse et nous jugerons qui des deux est digne de notre confiance...

— Et qui ne dit pas que tous deux le sont ? Alors ?

Afin d'en rester là, Mago Dioz haussa les épaules comme pour dire « Pourquoi pas ? Qui sait ? » Mais il savait qu'il avait ébranlé les convictions de plusieurs témoins. Le chef regretta de ne pas avoir eu cet entretien en privé. S'il arrivait le moindre accident à l'impertinent nouveau venu, dorénavant, automatiquement le coupable serait tout désigné et l'alibi serait connu de tous.

Sous l'étroite surveillance du chef de la garnison, Mago Dioz put passer un message à l'impératrice, expliquant que d'un commun accord sa présence était souhaitée le lendemain afin de faire une confrontation avec un prêcheur de Kâlî. Afsânè répondit qu'elle viendrait dans les délais.

Les cyborgs n'en revenaient pas, car ils avaient la certitude que la transmission avait bien lieu entre eux et Terra ? Jamais le prêcheur n'aurait le temps de venir dans ces délais. Mais lui au moins n'avait rien promis et donc le lendemain il lui serait facile de montrer que l'intrus n'était qu'un vulgaire vantard et un menteur.

Mago Dioz fut invité à passer la nuit dans le camp en attendant le lendemain. Il ne s'agissait pas d'une marque d'hospitalité entre frères cyborgs, il en était conscient. On se méfiait de lui et l'on craignait qu'il truque le rendez-vous.

Un sergent proposa de conduire l'invité dans son dortoir qui contenait de nombreux lits inoccupés.

— Pourquoi tant de place libre ? demanda Mago Dioz qui craignait une embuscade.

— Notre quartier est proche des grandes bobines. Les champs magnétiques résiduels sont encore intenses même au repos. Beaucoup d'entre nous craignent les champs magnétiques trop puissants.

— C'est mon cas ! C'est dangereux en effet pour la majorité d'entre nous. Pas pour vous ? questionna-t-il, inquiet.

Le cyborg fit un sourire curieusement déformé par ces implants.

— Non, nos quartiers ne sont pas dangereux, mais la plupart ne le savent pas et la peur est plus grande que le danger lui-même. Nous ne démentons pas la mauvaise réputation de ces lieux, car cela nous offre beaucoup de tranquillité.

Prudemment, Mago Dioz avança :

— Vous ne semblez pas trop apprécier la compagnie...

— Disons que je partage votre méfiance vis-à-vis des disciples de Kâlî. On essayerait de nous manipuler que cela ne me surprendrait pas. De plus, on ne sait jamais à quel cyborg on a à faire : un légaliste ou un autonomiste. Je parie que vous étiez convaincu de débarquer chez des légalistes, la version officielle de cette garnison. Qu'importe, nous faisons peur, et cela suffit pour nos prétendus maîtres.

Mago Dioz n'osait pas donner son avis. L'autre se rendit compte de la méfiance qui avait envahi son invité.

— Je comprends vos hésitations, continua-t-il. Moi, je vous fais confiance, mais rien ne vous permet de la partager avec moi. Pourtant vous devez me croire sur ce point : les quartiers du bas ont mauvaise réputation, mais ils sont plus sûrs que les autres. Même si le champ magnétique était activé.

Les deux hommes descendirent dans les entrailles grises de l'ancienne usine qui avait perdu au fil du temps le peu de chaleur humaine qui aurait pu y exister. La plupart des serres d'alimentation étaient dans de piteux états, quant à celles qui servaient de repos, elles étaient complètement desséchées.

Le premier étage était relativement bas avec ses voûtes donnant une imposante impression de caves de forteresse. Puis la descente conduisit dans un lieu au contraire très haut de plafond. Trois étages d'appartements pouvaient y prendre place. L'escalier métallique semblable à celui d'un échafaudage reliait les passerelles. Une odeur étrange de renfermé mélangeant sueur et électricité imprégnait les lieux à l'éclairage incertain, car de nombreuses lampes ne fonctionnaient plus.

À mi-hauteur, une plate-forme abritait quatre enfilades de petits bureaux qui avaient été réaménagés en chambrette. L'espace réduit au strict minimum était délimité par trois pans de parois translucides hautes d'un mètre et demi. Les occupants avaient tiré un tissu pour s'isoler, car il n'y avait pas de porte. Les autres pièces, celles qui n'avaient pas de rideau, étaient libres. Le sergent tendit à Mago Dioz un bout de tissu qui, déployé, n'arrivait même pas à la poitrine.

— Je sais, expliqua-t-il, c'est dérisoire, comme « porte ». C'est plus psychologique qu'autre chose...

Mago Dioz comprenait. Les cyborgs qui avaient gardé quelque chose d'humanité n'aimaient pas montrer leurs « transformations ». Le Hôdon en profita pour glisser une allusion sur sa planète.

— Sur Hôdo...

Il n'eut pas le temps d'achever que l'autre s'exclama :

— Ah ! Ça ! J'ignore quelle est la plus grande fumisterie : ça ou Kâlî. Oui bien sûr. Quelques illuminés persistent à nous faire croire qu'un paradis cyborg existerait. C'est bien un paradis. Un vrai. Jamais personne n'est revenu pour nous dire ce à quoi cela ressemblait. Comme la mort ! fit le sergent en éclatant de rire. Comme ceux qui ont disparu dans le métropolitain.

— Quel rapport ?

— On dit qu'ils n'auraient pas été exterminés par des méchants inconnus, mais qu'ils sont partis vers ce Hôdo... En fait, il paraît qu'ils avaient des contacts... Mais vous savez ce que sont les bruits. Impossible de remonter à la source et de démêler le vrai du faux. Le chef est peut-être impliqué dans cette histoire...

Mago Dioz faillit dire qu'il venait de cette planète mythique, mais il jugeait le moment peu opportun. Les partisans de Kâlî ne lui inspiraient pas confiance et il ne savait toujours pas qui étaient ses nouveaux alliés. Ce ne valait pas la peine de chercher noise aux les cyborgs. Il était bien placé pour le savoir. Comme lui, ses congénères étaient dotés d'« ajouts » similaires et la majorité d'entre eux avaient le cerveau « stimulé » pour mieux obéir tout en étant plus agressifs.

Ces deux composantes renforcées dans le comportement donnaient parfois des résultats inespérés, car le mélange était délicat. Certains cyborgs développaient une telle haine qu'il devenait misanthrope et donc on ne peut plus désobéissant envers ceux qui les avaient transformés. Cette haine n'avait en réalité aucun fondement sérieux la plupart du temps hormis le fait d'avoir été « trituré » contre sa volonté. Aussi, la colère était toujours à fleur de peau réveillée par n'importe quel type d'agacement, même un insignifiant chatouillis. Chez d'autres, l'obéissance pouvait être si forte que toutes les veuleries pouvaient être acceptées sans le moindre état d'âme par le cyborg qui obéissait de manière compulsive au Dominant du moment, quel qu'il soit, maître de l'économie mondiale ou grand prêtre de Kâlî. Mais, dans cet univers de tromperie Mago Dioz n'eut pas été étonné si on lui apprenait que sur Luna, il s'agissait de la même personne. Il se risqua à demander :

— Pourquoi ne côtoyez-vous pas les membres de la secte ?

— Pourquoi dites-vous ça ? Répondit le sergent, lui aussi, toujours sur ses gardes.

— C'est évident, vous vivez à l'écart, et relativement seul.

— Je ne m'en suis pas caché. Je leur ai dit ce que je vous ai dit. Je crois qu'on nous manipule de plus, le cyborg qui a été tué, c'était mon meilleur ami, c'était celui qui m'avait rencontré et fait venir ici, c'était celui qui risquait le plus souvent sa vie pour nous. Sa mort convient à beaucoup trop de gens.

— Je vois. Si je comprends, je suis aussi en danger maintenant, car aux yeux de ceux de l'étage supérieur, je suis un étranger, un infidèle et surtout votre hôte à partir de maintenant.

— Bienvenue chez les bannis des bannis ! Aviez-vous meilleurs choix ? Rassurez-vous, nous sommes à l'abri ici. C'est moi qui ai exagéré le danger pour ne pas être déranger. Soyons logiques, des gens travaillaient ici avec du matériel électronique, ils n'auraient pas pu si l'environnement était si terrible.

— Électronique ? Est-il possible d'avoir des communications avec l'extérieur d'ici ?

— Comme je viens de le dire, des gens travaillaient ici. Bien sûr. Il reste encore un relais qui n'a pas été saccagé et que je protège au cas où j'aurais besoin d'appeler à l'aide. Pourquoi ? vous voulez appeler quelqu'un ?

— J'aimerais mettre au courant mon Impératrice de ce qui se passe ici. Je suis sûr que vous l'apprécieriez comme moi-même.

— N'est-ce pas un peu présomptueux ? Nous ne nous connaissons presque pas. Et puis, C'est quoi cette histoire que vous nous racontez avec votre Afsânè qui serait ici demain ? Elle est où maintenant en réalité ?

— Franchement, je ne sais pas. Elle est peut-être sur Terra, ou dans le quartier des VIP de Luna ou...

— Vous avez donc bluffé en disant qu'elle viendrait directement de Terra.

— Pas du tout ! Quand je suis venu ici, elle était vraiment sur Terra. Elle est très occupée, vous savez. Je l'ai précédée comme éclaireur, car elle n'a pas de temps à perdre. Elle ne se déplace qu'à bon escient et avec le moins de perte de temps possible. Et, croyez-moi, elle en a les moyens. Des moyens qui ne seraient pas bien appréciés par les Dominants et donc qui doivent rester, disons, discrets.

— Bien, je vais vous y conduire. Désolé, mais moi aussi, j'écouterai la transmission.

Ils se remirent à descendre plus profondément dans les entrailles de l'immense usine. Chaque fois, les salles paraissaient encore plus gigantesques.

Des centaines de robots dormaient devant leurs établis. Ils étaient en train de fabriquer des composants de vaisseaux spatiaux de guerre quand ils avaient été éteints en même temps que la chaîne de production.

— La présence de tous ces robots indique qu'il n'y a pas trop de danger pour nous, sinon, jamais on n'en aurait mis ici.

— Mmm, fit Mago Dioz, dubitatif, ils ne sont peut-être pas composés d'éléments ferromagnétiques comme nous. À mon avis, je ne préférerais pas me retrouver à proximité des bobines d'induction quand elles seront à plein régime.

— Seront ? Cela ne se reproduira pas de si tôt, ironisa le sergent. La conquête de l'espace coûte trop cher et son rendement peu efficace.

— Et si je vous disais que c'était l'intention de mon impératrice ?

— Elle compte remettre ça en marche !

Les deux cyborgs continuèrent leur périple souterrain en silence. Visiblement, le sergent assimilait les nouvelles données pendant que Mago Dioz se demandait où se trouvait ce prétendu moyen de communication. Ils traversèrent enfin une salle remplie de carottes riches en minerais. Elles étaient réunies en fagots en attendant leur traitement automatisé comme le reste. Les cylindres devaient être fondus, les éléments séparés puis recombinés dans des structures géométriques standardisées. Ensuite chaque plaque, boule, cylindre... était redistribué vers d'autres unités de traitement où elles seraient laminées, étirées, moulées, serties, jointes, fusionnée. Chaque élément constituait une pièce d'un puzzle, un vaisseau ou une station spatiale.

Soudain le sergent de son mutisme.

— Vous êtes fous ! Nous serons encore bien plus en danger...

— Rassurez-vous, elle ne nous mettra jamais en danger contre notre avis.

— Et c'est une représentante de Kâlî ?

— Pas vraiment. Elle travaille en quelque sorte aussi pour la fin du monde, mais...

— Mais ?

— Voyez-vous, cette fin est inéluctable. Alors nous devons quitter au plus tôt ce qui deviendra l'enfer. Il sera difficile de sauver tout le monde... Il y aura donc des choix...

Le sergent regarda son abri, ses souterrains... Cette forge de Luna fabriquait des vaisseaux... Elle servirait à nouveau. Pour fuir cette fois plus loin encore...

Il secoua la tête comme pour chasser une idée parasite.

— C'est fou ! marmonna-t-il... Bon, d'accord, imaginons que moi je marche, que ce plan soit agréé par les 8G, que faites-vous des autres, ceux d'en haut, de la secte de Kâlî et de je ne sais quels empêcheurs de tourner rond ?

— L'impératrice a la réputation d'une grande originale, d'une mécène et d'une passionnée d'astronautique... On a l'habitude de la voir. Aux yeux des Dominants, c'est une impératrice qui se prend pour une grande impératrice... outrageusement dépensière, mais flattant l'illusion des gens enclins à croire aux histoires féeriques, aux princesses luxurieuses, aux princes charmants... Tout ça, c'est bon pour la consommation. Il faut avoir envie de devenir comme ces idoles... Laissez-la venir, et vous jugerez par vous-même.

Les deux cyborgs arrivèrent près du communicateur qui se trouvait tout en bas, à côté d'une énorme cheminée pouvant contenir un astrolab. Une multitude de monte-charge y étaient flanqués, il devait s'agir d'un silo de montage final.

Mago Dioz appela Afsânè et lui donna tous les détails du déroulement de sa mission. Il en profita pour présenter son voisin comme un homme fiable qui mériterait d'être affecté à des tâches plus importantes.

Une fois terminé, Mago Dioz lança à son nouvel allié : « demain sera un jour nouveau. Reposons-nous pour être prêts. » La méfiance mutuelle s'était en grande partie dissipée.

La nuit fut de courte durée, car il était à peine 4 h du matin, quand Afsânè se présenta avec une solide escorte. Ainsi était la nouvelle Doyenne des gynoïdes ! Autant la précédente, Moka, l'astronaute, serait venue à une heure précise avec éventuellement quelques minutes d'anticipation, autant l'impératrice pouvait surprendre et arriver à l'improviste, et comme elle n'arrivait jamais en retard... Il ne s'agissait pas non plus d'une erreur de décalage horaire, car, sur Luna, il n'y avait que quatre fuseaux horaires sans rapport avec Terra.

Afsânè surgit donc à l'improviste dans la garnison avec un sang froid que seule une impératrice pouvait se permettre, mandant qu'on lui présentât sur le champ le chef de la garnison, fallut-il pour cela l'arracher de ses doux rêves.

Il arriva avec tous les hommes qui voulaient le suivre et trouva l'impératrice entourée non seulement de la garde impériale, mais aussi de tous les cyborgs qui lui étaient opposés.

— Vous attendez votre prêcheur ? Commença-t-elle sans préambule. Il ne viendra pas, il ne viendra jamais plus.

Elle laissa un petit moment de silence s'écouler pour laisser aux cyborgs le temps d'assimiler l'information.

— Votre prêcheur était à la solde du 8G et il a été démasqué par les servants de Kâlî. Il se cache maintenant. Il sait qu'il devra payer de sa vie pour ses crimes non sanctifiés, car un meurtre perpétré pour la gloire de Kâlî ne peut être commis pour la soif de vengeance, l'ivresse de la colère, l'envoûtement de la haine ou toute velléité personnelle.

Puisque le chef cyborg s'était montré aveugle et incompétent à distinguer le vrai du faux, il ne sera pas accueilli dans la secte de la déesse, car il sera envoyé ailleurs, en mission, afin de racheter ses erreurs. Désormais, le chef de la garnison serait le compagnon de Mago Dioz qui avait fait preuve d'une meilleure foi.

Mago Dioz en resta bouche bée. Afsânè n'avait logiquement dit que la vérité, mais de la manière qu'elle l'avait présentée... Sa manière de faire... comme si elle était effectivement une haute dignitaire de Kâlî.

Chapitre 9.- Le Grand Rift

La forge de Luna renaissait de ses cendres. Jamais elle n'avait été aussi efficace. L'usine cumulait maintenant trois fonctions. Comme prévu initialement, la tâche principale était de construire des astrolabs destinés à transporter les colons vers leur grand voyage et leur servir d'hébergement provisoire. La deuxième unité testait de nouvelles constructions à partir d'échantillon de fabrication prélevé dans les laves et enfin la dernière fabriquait les briques de la future fonderie, celle qui serait en orbite autour d'Héphaïstos, la planète infernale.

Le cyborg désigné par Afsânè pour diriger l'entreprise s'était montré à la fois digne de confiance, mais aussi un bon chef qui était apprécié de tous ses semblables. Quant aux Dominants, ils semblaient ne pas s'intéresser de ce que ces dissidents puissent travailler pour le compte de la Persomésopotamie tant qu'ils ne les gênaient pas.

Seul l'ancien chef cyborg n'avait pas accepté de rester sur Luna. Il avait préféré être affecté à la protection des sites de métallurgie volcanique de la vallée du Grand Rift. Il croyait y servir Kâlî en servant Afsânè, et cette dernière était toujours sur le qui-vive, prête à réfréner les instincts cruels et meurtriers du cyborg en l'isolant, mais, heureusement, ses interconnexions avaient été conçues pour inhiber les dangereux psychopathes. Au paroxysme de la fureur, l'ancien chef de la forge de Luna se tétanisait, une chance pour les touristes égarés qui se retrouvaient dans sa zone de surveillance. Au bout d'un an, il ne revint plus. On le retrouva mort dans le désert, vraisemblablement de soif, il était difficile de le savoir, car le squelette était peu exploitable et le cadavre avait été dépouillé sans ménagement de ses appendices synthétiques. Ce fut le premier et le dernier cyborg affecté à ce type de mission. Afsânè craignait de tomber sur un autre spécimen qui confondait écarter les curieux et les éradiquer. De toute manière, la vallée du Grand Rift offrait l'avantage d'être dans une région si hostile que les touristes qui voulaient s'y rendre ne couraient pas les rues.

Seuls des vulcanologues et des métallurgistes experts en exploitation de magma vivaient dans ces enfers qui étaient le centre de simulation d'Héphaïstos. On y étudiait toutes les méthodes d'utilisation des laves, depuis la fabrication des ponces pour de futures îles flottantes jusqu'à l'extraction des minerais plus ou moins raffinés. Toutes les expériences se terminaient avec des essais grandeur nature, pendant lesquels des tychodrômes devaient se poser sur la lave incandescente, la pomper et transporter son chargement incandescent en orbite pour y être traitées avant d'être transférée dans la forge de Luna qui produisait des éléments pour assembler les ruches de Saturne.

Les choses allaient lentement pour Afsânè, trop lentement. Mais elle était synth, il lui était donc impossible de piaffer d'impatience, alors que sa nature la rendait encore de plus en plus affligée, car elle estimait à tout instant le nombre probable de vies qui serait abandonnées au cataclysme à chaque retard qui s'accumulait.

Pendant ce temps, par ironie du sort, la secte de Kâlî par ses sacrifices humains compensait presque les pertes par anticipation de l'impératrice. Quant aux Dominants, ils jugeaient que les actes de la déesse de la Mort étaient particulièrement rentables, car elle jouait les trouble-fêtes chez les marchands de bonheur tous confondus, les Yakusa et l'Empire persomésopotamien. En effet, la secte déstabilisait la trop grande confiance des Japonais, car les gens se détournaient des plaisirs virtuels pour une réelle sécurité, offrant ainsi l'occasion qui rendrait enfin officielle la production des cyborgs que l'impératrice s'appropriait injustement comme si cela lui appartenait de plein droit. Dès lors, il devenait envisageable de mieux développer ce surhomme dont le cerveau serait de plus en plus relié à des machines efficaces et fiables. La recherche pourrait alors se concentrer sur les anomalies de comportement des cyborgs qui tombait parfois dans des neurasthénies ou des états d'hyperagressivité incontrôlable. La combativité était idéale si elle répondait à un ordre, et si l'on pouvait arrêter sur-le-champ les montées de colère, faisant de l'homme cybernétique un parfait mercenaire.

Les membres de la secte de Kâlî étaient comme des cyborgs loyaux et agressifs sur ordre. Tous ceux qui ne se comportaient pas selon des règles morales strictes étaient sacrifiés. C'étaient d'ailleurs ses seuls cadavres « visibles » que l'on trouvait. Ils étaient reconnaissables, car tous portaient un collier au ras du cou avec une petite tête de mort en aventurine bleue. Le collier était fait d'un tendon de boeuf enduit de goudron, pourtant, même s'il était extrêmement serré, l'étranglement n'était pas la cause de la mort. Les yeux vitreux de la victime elles semblaient avoir vu des cauchemars comme dernières images du monde de vivant ou comme les premières qui l'attendaient dans l'au-delà.

Les règles morales de la secte, ainsi que toutes les autres informations la concernant, n'étaient écrites sur aucun support et n'utilisaient aucun système informatique de communication. À cause de cela, c'était le premier groupe qui échappait réellement au contrôle des Synths. Il leur était donc impossible de savoir qui ils étaient vraiment, comment ils recrutaient, qui étaient leurs victimes et pourquoi.

La seule chose que l'on savait venait des peuples souterrains : la fin du monde s'approchait et Kâlî avait été la seule entité qui s'opposait au démon qui voulait engloutir la Terre et qui était revenu pour achever son oeuvre de destruction. Cette déesse avait donc besoin d'une armée de tueurs pour exterminer l'ennemi ancestral, le représentant du Chaos. Afsânè ne comprenait pas un tel comportement dont la méthode ne lui semblait de toute manière pas efficace pour résoudre le problème du cataclysme. De son point de vue, les fondateurs de la secte étaient sans doute des fous, voire des déments qui visaient quelque domination en se servant d'autres fous.

Une Synth, ex et future impératrice de surcroît, est une véritable encyclopédie. Déjà, elle s'était déjà renseignée sur ces sectes de Kâlî qui étaient déjà connues dans le passé. Les Otros qui traînaient dans l'ombre leurs oreilles attentives confirmèrent ce qu'Afsânè avait déjà découvert : Kâlî ne voulait que des hommes mâles en bonne santé et non mutilés, ni même rafistolés. Heureusement pour les mutants et les cyborgs, cela était vrai aussi bien pour le recrutement que pour l'assassinat. Autrement dit, les membres de la secte n'avaient pas pu tuer, du moins selon cette supposée règle, les éclaireurs et le chef de la garnison de Luna, sauf en cas de légitime défense. De même, il était tout simplement impensable qu'il y ait eu un prêcheur cyborg. L'identité de celui qui devait amener la bonne parole sur Luna restait donc inconnue. Le chef banni n'en avait jamais parlé explicitement à tel point qu'il était difficile de savoir s'il avait existé ou s'il était sorti de l'imagination. Maintenant, en tout cas, Afsânè était presque sûre que le prêcheur en question n'était pas un envoyé de Kâlî. Avait-il vraiment existé ? Les cyborgs étaient de grands consommateurs d'informatiques, donc ils ne pouvaient pas passer inaperçus sur le Réseau à cause de ses nombreuses interfaces. Or les Synths n'avaient rien trouvé. Pourtant, c'était ces mêmes « fuites » qu'Afsânè avait « senties » dès que Mago Dioz arriva dans la forge de Luna, puis quand il eut ces discussions au sujet de ce prêtre. Elle avait compris que la panique s'installa dans l'esprit de chef de la garnison, ce qui lui avait permis de jouer d'audace.

Pour l'instant, l'impératrice avait déjà son plan. Il fallait trouver le faux prêcheur, et vraisemblablement faux cyborg, avant les vengeurs de Kâlî. Elle s'attendait à ce que les disciples de la déesse noire ne tolèrent pas que quelqu'un s'immisce dans leur affaire et se fasse passer pour l'un des leurs.

Si ce grand prêtre existait, c'était en enfer du Grand Rift qu'Afsânè l'attendrait. L'enfer, invention diabolique pour dominer les indomptables Organos, ceux qui ne sont pas attirés par les paradis de l'au-delà ! Les sectateurs de Kâlî n'y échappaient pas. Leur tradition empreinte d'obscures valeurs morales les incitaient eux aussi à concevoir un lieu purificateur pour enfermer le mal. D'ailleurs, c'était contre ses démons que se battait leur déesse.

Les Organos, qui auraient volontiers considéré les zones volcaniques du Grand Rift comme un lieu propice pour expier ses péchés, ne venaient pas fréquemment dans ces terres infernales, d'autant plus qu'Afsânè ne contredisait pas la rumeur qui en faisait la pire prison de

Terra. Mieux, pour confirmer ces bruits, elle engagea une multitude de gardiens qui devaient empêcher les « prisonniers » d'en sortir, créant ainsi un lieu idéal pour accueillir le diable en personne et tous ceux qui y étaient attirés comme des papillons de nuit.

En fait, les cerbères servaient à refouler les curieux et à secourir les égarés qui ne devaient pas trop savoir qu'en ces lieux d'étranges vaisseaux spatiaux venaient se ravitailler pour fabriquer de non moins étranges pièces de mécano.

L'enfer de Rift présenté comme lieu de châtiment institué par les Dominants pour criminels attirera immanquablement les recruteurs de Kâlî. Afsânè espérait que parmi les vrais se cacherait le faux prêcheur. Le leurre pouvait passer facilement puisqu'aux yeux du commun des mortels, la famille impériale faisait partie du 8G qui semblait attirer, de près ou de loin, la secte de Kâlî.

La tromperie fonctionna si bien, que dans un premier temps, les autres Dominants envoyèrent des punis divers pour purger leur peine dans de pires conditions. Cela n'était pas pour plaire à la Synth qui les accueillait avec circonspection, mais elle n'avait pas le choix si elle voulait garder la maîtrise de la situation. Elle décida de traiter les galériens avec le même soin que les volontaires qui travaillaient sur les sites de vulcanométallurgie. Avec une différence toutefois, ils étaient équipés de surveillants virtuels qui pouvait les ligoter en réel à tout instant et partout. Ces menottes étaient en fait des injections automatiques modifiant les neurotransmetteurs pour inhiber tout acte criminel. Rapidement, l'impératrice se rendit compte que tous n'étaient pas des psychopathes. Certains étaient des « rescapés » de vindictes populaires habilement attisées par les Dominants quand il ne s'agissait pas pour ces derniers de vengeance personnelle.

Enfin, le faux prêtre de Kâlî arriva dans un convoi de galériens. Afsânè l'avait reconnu tout de suite grâce au portrait-robot détaillé que lui avait fourni ses alliés, les Nones, ces SDF qui habitaient les réseaux de communication de Terra, abandonnés et souterrains, mais dont le confort avait été grandement amélioré par l'impératrice. L'homme était assez fanatisé pour perdre volontairement la liberté et affronter les prétendues « réjouissances » de l'enfer. Contrairement aux déductions d'Afsânè, c'était bien un cyborg, mais sans modifications externes visibles. La boîte crânienne était remplie de gadgets qui contrôlaient les sens, la pensée et le métabolisme. Était-il accidentellement ou volontairement fanatique ? C'était impossible à savoir, et d'ailleurs sans importance à ce niveau de programmation. L'homme était une bombe à retardement qui fonctionnait uniquement pour et par la peur. Autant les Synths avaient été programmés pour « aimer » l'Organos, autant ce cyborg l'avait été pour le craindre ou le détester.

La secte aussi avait mordu à l'hameçon. Elle avait créé petit à petit une antenne de prosélytisme pour essayer de recruter les prétendus gardiens et prisonniers. Cette secte était très habile pour tromper Afsânè peu habituée aux groupes dont les membres n'utilisaient aucune technique classique de communication.

Mais un jour, le prêcheur disparut. Certains disent avoir vu tomber quelqu'un dans la lave du haut d'une structure de mesures. L'impératrice eût espéré profiter de ces manoeuvres pour infiltrer la secte. Mais c'était difficile, car il fallait des Organos mâles qui pour être initiés devaient commencer par commettre un sacrifice humain. Faire un tel montage n'était pas aisé, d'autant plus que les sectateurs oeuvraient toujours en équipe. De plus, la victime devait être toujours désignée à la dernière minute. La mission semblait impossible et d'autres choses étaient bien plus urgentes.

Chapitre 10.- Le fardeau de la jeune impératrice

Au 30e anniversaire d'Afsânè, l'impératrice mère abdiqua en la faveur de sa fille unique. Toute la famille impériale avait longuement préparé sa venue de telle sorte que l'évènement n'étonna personne.

Tout le monde semblait heureux, mais Afsânè ne partageait pas la liesse populaire, non seulement parce que les Synths n'exprimaient pas leur joie de manière voyante, mais aussi et surtout, parce qu'elle savait qu'à partir de ce jour elle était officiellement en danger. L'Empire perso-mésopotamien s'était arrangé pour toujours être indépendant des Dominants préférant à l'occasion traiter avec les Yakusa qui, eux, se montraient loyaux dans leurs engagements. Ces derniers aussi d'ailleurs avaient rompu les relations avec les Dominants, pas toujours pour les mêmes raisons, certes, mais ne dit-on pas ironiquement ce sophisme « les ennemis de mes ennemis sont mes amis » ? Cette rupture avait été la conséquence de trois accords.

L'alliance de l'enn était la plus importante alliance contre les Dominants qui voulaient revenir à une monnaie spéculative en accusant leurs opposants de négliger la plus value artistique, sentimentale, psychique... de toute chose. Ainsi le monde s'en était retourné à l'une de ces plus anciennes habitudes : la dichotomie du pouvoir. La Terre était donc partagée entre le système financier du WWC (world wide currency), parfois aussi appelé dollar universel, et celui de l'enn (l'unité énergétique de tout objet).

Le deuxième tiraillement eut lieu lors de l'accord signé entre la Persomésopotamie, le Yakusa et l'Empire du Milieu quant à l'usage libre des neuroleptiques à usages de réconfort et de restauration psychique, même si cette opération devait être juteuse financièrement pour les Dominants, ces derniers étaient trop attachés à des valeurs morales où l'homme doit « prendre sur soi » pour être digne d'être un homme.

À l'instar de l'alphabétisation qui devait permettre à tout un chacun de partager les connaissances universitaires, à l'instar des arts martiaux qui étaient enseignés dans l'esprit non de faire la guerre, mais dans celui de montrer à un éventuel opposant violent qu'il serait bien reçu, l'apprentissage des mécanismes de domination, de gestion de la peur, toutes les formes de peurs, fut enseigné en même temps que les techniques de premiers secours à toutes les agressions physiques ou psychiques dès l'école primaire dans tout l'empire persomésopotamien. C'était mettre à la portée de tous les techniques des Dominants. Cela scella définitivement la rupture entre l'empire persomésopotamien et les Dominants.

Afsânè était synth, certes, mais, en tant qu'impératrice, elle s'était forgé toute une pensée « militaire ». Si pour elle, tout combat armé était à éviter impérativement, elle craignait tout le temps d'y être contrainte, car, l'idéal hôdon, si elle y croyait, les autres, pas nécessairement. Elle ne voulait pas de lutte entre groupes, quelles qu'en soient la taille et la structure sociale, de l'extérieur ou de l'intérieur. La seule règle commune à chaque collectivité ne pouvait être que le refus de l'affrontement, donc la « fuite », à condition qu'elle fût « honorable », car personne ne voulait perdre la face. Cela coulait de source pour se plier au principe du respect de l'intelligence et cela imposait le droit à un abri, un chez soi, d'une chambrette à un territoire comme une nation. Pourtant, si l'on attaquait son peuple...

Elle considérait qu'en cas de conflits, c'était le dernier arrivé qui devait « fuir ». Et non pas comme le stipulait la loi choisir entre « le consensus ou le hasard ». Elle avait expliqué son raisonnement à ses paires et pères qui ne partageaient pas toutes ses vues, en leur expliquant que celui qui vient en dernier, s'il s'impose contre la volonté de celui qui l'accueille, ne respecte pas ni l'intelligence de l'hôte, ni la « fuite » de ce dernier puisqu'il devrait fuir de chez lui, et donc se comporte en envahisseur violant les deux principales lois de Hôdo.

La fuite dans son optique, ce ne pouvait être qu'un repli stratégique militaire, mais surtout le refuge pour s'isoler d'un environnement hostile ou tout simplement inconfortable. L'abri, c'était pour l'impératrice, le groupe, nation ou pas, dans lequel on se sent membre ou la demeure où l'on cherche le repos, à l'abri des agressions extérieures. Elle ne pouvait donc tolérer aucun envahissement d'aucune sorte, ingérences, occupations, colonisations. C'était l'une des tâches qui lui incombaient en plus de celle de déplacer toute une population vers d'autres cieux.

Les causes d'agression pouvaient être nombreuses, mais souvent elle avait constaté qu'elles se cristallisaient autour de traditions et de valeurs morales non partagées par les autres. Or, les us et coutumes étaient sacrés de son point de vue : c'est ce qui unissait son peuple et elle-même s'y conformait. Cela constituait comme un fluide nourricier, un égrégore, dans lequel baignaient des êtres en synergie. Les habitudes culturelles dont le langage en était une manifestation étaient capitales pour le maintien d'une société, car elles constituaient l'essentiel de la prime connaissance de chaque humain. On ne peut construire que sur du stable. Le cerveau utilisait cette règle, et, une fois les premiers éléments acquis, il devenait viscéralement difficile de s'en détacher comme si la vie en dépendait, ce qui n'était pas complètement dénué de logique pour les êtres de chair. Bien sûr, Afsânè savait, probablement tout comme les Dominants, qu'il n'y avait ni bien ni mal dans ces moeurs. Mais les maîtres de Terra savaient combien, en donnant une valeur morale aux traditions, ils pouvaient museler les humains et en faire des « cyborgs » dotés d'oeillères au service d'une foi spirituelle, philosophique ou politique. Après, il était tellement facile d'exciter un groupe contre un autre...

Les règles de savoir-vivre en commun sont contestables comme les normes et toutes les conventions définies par les humains. La morale, lorsqu'elle est parole divine, ne peut supporter de contradiction si ce n'est que par un anti-ce-dieu-là. Les Dominants saupoudraient donc de principes vertueux les lois qu'ils inventaient pour rendre inamovibles les règles sociales qui en découlaient. Les bandes asociales qui ne répondaient pas par définition aux codes moraux, au même titre que les individus, devaient être écartées de la société. C'était soit l'exclusion soit la réclusion quand cela ne dégénérait pas à l'extermination. Une bonne armée ne peut avoir de dissidents.

Pour Afsânè, les « asociaux » n'étaient pas des « méchants ». C'était des ennemis, parfois formés, voire formatés par d'autres adversaires tapis dans l'ombre. Elle espérait toujours donner une chance à son antagoniste de se comporter en ami comme l'enseignait depuis des millénaires la philosophie guerrière des Chinois. En attendant, il fallait parfois séparer les groupes en conflit. Il ne s'agissait pas de punition, encore moins de vengeance, mais de respect mutuel. Selon les principes de Hôdo, chaque groupe avait le droit de s'isoler pour se protéger et se sentir bien. Il semblait logique de recourir à la séparation des partis si l'un d'eux ne respectait pas l'autre, voire le menaçait dans son équilibre structurel.

L'impératrice synth n'ignorait pas qu'il fallait maintenir une attitude correcte et non démagogique pour ne pas être vaincue de guerre lasse, technique appréciée par certains qui usaient et abusaient de l'usure. Mais en même temps, elle savait que les traditions étaient vivantes et donc, qu'il y avait toujours de la place pour le nouveau venu, seulement, il fallait tenir compte des réflexes d'autodéfense qui protègent les organismes. Provoquer un blocage n'était jamais bien efficace, c'était connu des cogniticiens.

On ne choisit pas son lieu de naissance, avec ses traditions locales, son identité culturelle, incluant souvent religions et philosophies ancestrales. Reconnaître ce point, c'est lo début du respect de l'intelligence. Mais en respecter l'intelligence d'autrui, c'est aussi le croire apte à s'adapter et à modifier ses coutumes par et pour le partage de connaissances. Ainsi, sans violence, deux communautés pourraient arriver à s'estimer puis à se mélanger, ne faisant disparaître aucune d'elles en faveur de l'autre, mais s'enrichissant mutuellement. Ce n'est souvent qu'une question de patience contrairement aux guerres qui se veulent toujours rapides et qui ne le sont presque jamais.

Hélas, malgré les progrès des sciences de la psyché, le rôle des habitudes était volontairement éclipsé ou surexploité selon le cas par les Dominants, car pour eux, l'adage « diviser pour régner », restait vrai. Ils savaient manipuler les conflits engendrés par des cerveaux peu éduqués aux sciences cognitives. Combien de braves et « honnêtes » gens qui n'étaient pas des faibles d'esprit, pourtant, pouvaient préférer la mort et la guerre pour imposer en toute bonne foi leur paix ? Combien dans l'escalade faisaient payer chèrement les dégâts occasionnés, car la vengeance avait souvent un arrière-goût de sadisme ?

D'autres, moins fous, appliquaient une autre méthode : cultiver le sentiment de culpabilité chez leurs ennemis de telle manière qu'elle ôtait toute liberté d'oser se défendre en cas d'agression.

Toutes ces stratégies avaient en commun la peur, un moteur aussi puissant que le sexe, présent à tout instant dans la vie sociale pour contraindre le concurrent, l'ennemi, l'esclave à agir dans un sens prévu. Du chantage affectif aux destructions massives en passant par les fantasmes moraux et le terrorisme, la peur pouvait pourvoir la mort avec une facilité déconcertante. Le Dominant l'utilisait sous toutes ses formes pour manipuler et Kâlî leur apportait une bonne aubaine. Peur, sadisme, colère, haine... que de sentiments inconnus pour une synth qui devaient les maîtriser comme une aveugle devant se servir d'une palette de couleur afin d'être une bonne impératrice ! Elle devait pourtant savoir, car tout humain organique l'expérimentait. La peur pouvait engendrer des angoisses chroniques avec leurs cortèges de dysfonctionnements si cela devenait trop fréquent. De tout cela, l'impératrice n'en avait qu'une connaissance « technique ». Pour compatir, il fallait avoir vécu la même chose, ou alors, être capable d'en faire une projection à partir d'une similitude.

Afsânè, comme ceux de son espèce, ne connaissait qu'une seule peur, la solitude, cette compagne tapie dans l'ombre de la folie.

La solitude n'est pas qu'isolement physique, elle peut être vécue dans la foule ou dans de toutes petites communautés comme le cercle familial. Ce n'est pas nécessairement une absence de contact, ce peut être de l'étouffement ou un bâillonnement calculé. En effet, la peur peut se dissiper dans le partage de la liberté par des concessions de part et d'autre afin de trouver une solution qui transformerait une fuite en avant par une marche volontaire vers le futur. Maintenir un certain isolement, une certaine distanciation permettait d'entretenir une peur.

Afsânè connaissait cette peur-là, c'était la seule vraie expérience qui lui permettait de deviner les Organos et cela la rendait encore plus compréhensive pour protéger, non son empire comme un Dominant, mais les habitants de ce dernier.

L'isolement faisait partie de la justice persomésopotamienne, car l'agression d'une société pouvait venir de l'intérieur. Les asociaux n'étaient pas maltraités, néanmoins, ils devaient réparer les dégâts et payer leur réclusion, car cette dernière n'était pas à la charge de la communauté puisque la peine ne devait pas incomber à la victime. Au contraire, cela entrait dans le processus d'une ergothérapie.

Pendant les périodes d'internements, une psychothérapie était appliquée aux internés qui recouvraient peu à peu leur entière liberté par le travail de réparation et de service. La psychothérapie venait souvent à bout des comportements marginaux. Souvent, il suffisait de réapprendre la signification d'un « non » qui avait trop peu limité le cercle de liberté de l'individu au sein d'une communauté de partage. Hélas, il restait de trop nombreux cas où il fallait utiliser une lourde thérapie neurochimique pour rétablir les circuits « normaux » du cerveau qui avaient été désorganisés au cours des échecs successifs et dont les désordres avaient été entretenus dans la solitude ou confortés dans des associations pas toujours très recommandables. Ce type de traitement s'adaptait pour un individu ou un petit groupe. Il devenait difficile à appliquer pour un groupe aussi important et diffus que celui de la secte de Kâlî.

Mais depuis qu'elle avait pris en main la mission de sauver l'humanité de la catastrophe à venir, la jeune impératrice avait compris que de toute manière elle ne pouvait pas sauver tout le monde. Et pour l'instant, elle était bien plus préoccupée par les rapports que lui avait fournis le couple de biologistes qui étaient devenus plus que des alliés, des amis.

Chapitre 11.- L'empire des étoiles

Tous avaient compté sur la colonisation d'Ariane. Elle avait les caractéristiques d'une planète ayant souffert un long effet de serre et de plus un possédait un axe peu propice aux saisons tempérées.

Ainsi, les planétologues avaient estimé que seule la bande étroite longeant les arcs boréaux pouvait être colonisée. Hélas, c'était sans compter les tempêtes. Cette situation tendue était trop éprouvante pour les pionniers qui y étaient chargés de construire la première ville d'accueil. Il était probable que cela ne conviendrait pas à la majorité des familles qu'Afsânè avait choisies justement parmi les moins aptes à l'aventure et au dépaysement. Finalement, très peu de gens y vivraient, avec pour tout horizon que l'espace clos de leur astrolab hanté par les perpétuels gémissements de la coque résistant à la furie des éléments.

Au fond, Afsânè ne fut pas trop déçue de la situation : cela ne freinait pas l'exode qui était de toute manière définitivement trop lent pour sauver la planète entière. Un Synth savait prendre de nouvelles décisions quand il était inutile de s'investir sur un projet qui s'avérait être un mauvais choix.

L'aspect affectif que ressentaient les Terriens à se sentir « proche » de Hôdo n'avait pas de sens quand il s'agissait de voyage X2-plasmique, car leurs conduits n'avaient pas fini de surprendre. Par exemple, il fallait le même temps pour aller de Terra à Poséidon que de Hôdo à Héphaïstos pourtant la distance astronomique du premier trajet était le double du suivant. Ainsi, la distance entre les mondes n'entrait plus vraiment dans les préférences des volontaires. Seul le choix de l'environnement pouvait influencer, et Ariane qui ne serait plus un havre de paix, deviendrait un choix comme les autres. À l'exception de Hôdo et Chica, toutes les planètes furent bientôt reliées entre elles de telle manière que les colons avaient l'impression de faire partie d'une même famille répartie sur trois mondes totalement différents, c'était l'empire des étoiles d'Afsânè.

Les pionniers d'Ariane avaient déjà commencé à marquer leur territoire de nouvelles coutumes. Chaque astrolab était assemblé selon l'axe est-ouest de la planète à la queue leu leu. Tous les modules avaient été modifiés de telle manière que la moitié supérieure contenait un vivarium, et l'inférieure contenait tout le reste, machinerie et atelier. Ces derniers disposaient tous d'au moins un lit sarcophage, car il n'y avait plus de quartiers d'habitations. L'espace était trop précieux et en majorité utilisé à reconstruire un écosystème de survie et si possible, plus tard, de confort.

L'idée de construire un anneau non discontinu d'astrolabs pouvait paraître extravagante, d'autant plus qu'il y avait deux océans et une chaîne montagneuse à traverser. Le but était de capturer le maximum d'énergie solaire et de la partager à moindre coût dans un premier temps, ensuite, cet axe servirait de point d'ancrage à partir duquel la zone vivable s'étendrait de plus en plus loin vers le sud et le nord.

Chaque fois que ces derniers agrandissaient leur anneau, il récupérait de la ruche en orbite autour de leur planète un astrolab équipé et habité. Aussitôt, ce dernier était remplacé par un autre transporté dans les conduits X2-plasmiques depuis une ruche près de Saturne consacrée uniquement au portail des Arianais. Sans tarder, un nouvel astrolab se construisait avec les pièces issues de la forge de Luna et les matériaux du Grand Rift et les ruches se réorganisaient pour préparer l'envoi suivant de colons.

Pendant ce temps, sur Terra, plus personne ne parlait de la fin du monde en dehors de la secte de Kâlî et de quelques illuminés qui auraient vu de toute manière la fin du monde à n'importe quel autre moment. Même les experts qui n'étaient pas soumis aux pressions des médias n'en parlaient plus et pour cause, tous avaient rejoint les palais impériaux de la nouvelle impératrice qui voulait s'entourer des meilleurs savants de la planète et dont déjà beaucoup d'entre eux avaient déjà rejoint les équipes d'explorations.

Afsânè avait compris qu'il était inutile de prévenir la population de la catastrophe qui s'annonçait. Puisqu'il n'était plus possible de sauver toutes les populations à venir, elle essaya d'une part de choisir les personnes les plus « utiles » à la colonisation, pas nécessairement experts, mais incontestablement « sociables », et d'autre part, de représenter le plus équitablement possible toutes les populations de Terra, comme cela fut le cas pour Hôdo. Ainsi, il pouvait lui arriver de ramener une famille d'un village perdu et oublié de tout le monde dit civilisé ou recruter tout l'équipage d'un off-shore. Heureusement pour elle, elle disposait de presque toute la puissance informatique de la planète pour ce recrutement. Mais, si trouver les bonnes personnes pouvait lui être aisée, il lui fallait tenir compte aussi des refus, et rien ne les obligeait à accepter de suivre l'impératrice dans un périple incertain et inconfortable.

La Synth pouvait donc se concentrer sur la sociabilité des gens et éviter que ce qui lui était déjà arrivé ne se reproduise. Il s'agissait d'une famille d'experts qui avait dû être bannie et tout simplement renvoyée sur Terra. Par chance, elle ne s'était établie que sur Saturne. Ces candidats n'avaient pourtant pas fait grand-chose en soi. L'origine du conflit à bord d'un astrolab venait de leur obstination à laisser leurs chaussures sur le pas de leur chambre dans l'espace commun de l'astrolab. Ce qui leur était reproché, c'était qu'ils se conformaient à leurs traditions sans tenir compte de celles des autres habitants, car l'espace commun n'appartient à personne en particulier et donc à tous en même temps. S'en approprier, c'est en partie voler un peu d'espace à chacun. Pourtant, il était possible de réserver l'entrée de la pièce individuelle, c'est-à-dire l'espace d'un demi-tatami, pour ranger ses affaires. Alors, le geste fut ressenti comme une agression, une domination culturelle et territoriale, car en agissant ainsi, ces colons économisaient un mètre carré de leur espace individuel en le prenant en quelque sorte sur l'espace commun. Le problème de la tolérance est crucial lorsque l'espace disponible par colons est très réduit, en effet, les quartiers étaient limités à six tatamis métriques, ce qui donnait une pièce de trois mètres sur quatre, tout le reste étant en partage avec tout le monde contrairement aux voyageurs du Livingstone qui disposaient encore d'espace de clans. Ces petits riens qui dégénèrent en blocage généralisé étaient un risque que ne voulait pas courir Afsânè dans les ruches qui étaient les relais entre les planètes ni dans les colonies d'accueil.

De plus, sans cet incident, Poséidon aurait eu plus tôt sa paire de ruches pour initialiser sa colonisation et le voyage vers Héphaïstos serait déjà bien entamé.

Ce contretemps, l'obligea à renégocier avec Hôdo et surtout Chica pour accueillir les futurs Arianais qui n'avaient pas de place sur la planète qui leur était prévue.

Avec Hôdo, cela ne posait pas de problème. Il ne s'agissait tout compte fait que de la continuité de la colonisation qui durait depuis sa naissance, certes, à un rythme un peu plus soutenu, mais tout à fait acceptable pour l'intégration des nouveaux venus aux règles de leurs hôtes.

Quant à Chica, le problème était plus complexe, car c'était devenu la terre des Otros. Finalement, comme leur territoire était grand, ils acceptèrent d'accueillir des Organos, uniquement ceux qui les respectaient.

Chapitre 12.- Poséidon

Poséidon, la planète sans continent posait un problème technique de taille : elle n'avait pas de terres émergées, autrement dit, toutes les villes seraient flottantes et sans autre horizon que l'éternelle union des eaux et des cieux ce qui pouvait provoquer une certaine monotonie insupportable pour beaucoup. Ainsi, les astrolabs à destination de la planète océan, étaient assemblés pour former des vaisseaux flottants insubmersibles. Un astrolab correspondant au pont supérieur contenait un vivarium sur toute l'étendue afin de créer une impression de terre ferme. Un second astrolab en dessus contenait toutes les habitations et tous les équipements de cette espèce de paquebot. En cas de tempête, la serre était hermétiquement refermée. Les « paquebots » étaient arrimés à de grandes dalles flottantes faites en ponce. Ces plaques qui augmentaient la stabilité des structures flottantes permettaient de se déplacer d'une paire d'astrolabs à une autre. Souvent, des nymphes venaient y camper quand le temps était clément pour elle, c'est-à-dire quand il pleuvinait.

Inlassablement, Nôka et Kerus vérifiaient toutes les adaptations locales afin de les améliorer et de les corriger en prévenant Afsânè qui répercutait aussitôt les conseils des bancs de test du Grand Rift en passant par les laboratoires de Luna jusqu'aux ruches de Saturne. Consciencieux dans leur activité, le couple de biologistes habitait toujours dans les derniers astrolabs installés sur Ariane ou Poséidon.

Le premier îlot flottant d'astrolabs fut construit à proximité d'un pic sous-marin auquel il fut possible d'ancrer les habitations afin qu'elles ne dérivent pas de manière incontrôlée au gré des courants. La zone était tempérée et le haut plateau avoisinant permettait de penser que les courants ne seraient pas aussi fort qu'au dessus des hauts fonds et surtout dans les canaux qui séparaient les plaques tectoniques.

Rapidement, la faune et la flore voisine furent récoltées puis transférées dans la ruche en orbite mieux équipée en laboratoires. Elle fut décortiquée et analysée pour en extraire toutes les qualités culinaires, médicales, pratiques et, évidemment, toutes les toxicités possibles. Il s'avérait que la nourriture était riche et variée et pas aussi salée que celle donnée par les mers de Terra. C'était d'ailleurs la principale différence tant Poséidon rappelait la vie des océans qu'avaient connus les colons.

Il y avait des créatures ressemblant aux algues, aux coraux, aux crustacés, aux poissons, et, à leur surprise, certains animaux étaient presque des mammifères. Dans les eaux calmes, à faibles distances de la cité flottante, des îlots de végétations recouvraient les eaux sur plusieurs centaines de mètres carrés. Les observations de la planète indiquaient qu'il y avait beaucoup de ces surfaces. C'était la plupart du temps des sortes de nénuphars aux racines flottantes qui s'entremêlaient pour former des colonies. Celles qui flottaient près de la première cité d'astrolabs abritaient des petits lézards aux pattes palmées et avec une queue nageoire évoquant celle des lamantins. Ces derniers, quand ils ne se doraient pas au soleil, chassaient avec leur longue langue qu'ils laissaient pendre dans l'eau des crevettes qui venaient s'y coller. Une nuée de crustacés se nourrissaient de mollusques qui suçaient la sève des nénuphars qui réparaient rapidement leurs structures abîmées en dégageant une étrange odeur alliacée.

Rapidement, des pourparlers s'étaient engagés entre Ariane et Poséidon pour des échanges « touristiques ». Pour les uns, c'était l'occasion de redécouvrir les grands espaces et les nuits constellées quand il ne pleuvait pas, et pour les autres, celle de retrouver le sol ferme hors d'un univers toujours bleuté. Mais cela nécessitait de créer des conduits X2-plasmiques près de la surface de l'eau pour faciliter les échanges, car il semblait peu intéressant dans ce cas de prendre une navette spatiale pour rejoindre la ruche en orbite qui d'ailleurs était destinée au transfert d'objet volumineux. Ce besoin n'avait pas été prévu par les Synths qui détestaient l'eau. Or eux seuls étaient capables d'installer et de maintenir les couloirs X2-plasmiques sans balises. Les nymphes apportèrent la solution en proposant d'aller recueillir tout Synth qui tomberait à la mer. Il suffisait qu'il travaille en équipe, chacun revêtu d'une combinaison adaptée : les Synths qui n'avaient pas besoin de respirer porteraient une combinaison d'astronaute gonflé à l'hélium et les nymphes, des ceintures lestées qui leur permettraient de plonger sous l'eau.

Ainsi, grâce au coup de pouce des nymphes pour aider d'une part les colons à prendre des vacances sur l'autre monde, et d'autre part, les androïdes à surmonter leur peur de la noyade, un portail put être construit à la surface de la planète pour transporter les gens vers la ruche en orbite autour de leur planète. Le portail fut constitué d'une douzaine d'astrolabs à quelque distance de la cité pour des raisons de sécurité, car les Synths redoutaient toujours des « accidents » de visée. Ainsi, il était possible de transférer aussi bien quelques personnes qu'un astrolab complet, et à partir de cette date d'ailleurs, ces derniers amerrissaient avec leurs familles de colons. Les cyborgs qui avaient promis d'aider les nymphes là où elles se rendraient, se chargeaient de remorquer les nouveaux modules jusqu'aux plates-formes flottantes qui prenaient de plus en plus d'ampleur.

La cité flottante fut bientôt en mesure de produire une grande quantité d'eau douce permettant une agriculture d'irrigation sur les dalles flottantes. Cela permettait entre autres d'obtenir de la paille, un matériel apprécié pour sa légèreté. Se subvenir à ses besoins, ne fût-ce qu'une courte période, pouvait être utile sur ce monde instable, relié au reste de l'humanité par un conduit X2-plasmique flottant.

En une année de Poséidon, il était possible de supposer que tous les climats locaux avaient été vécus et les difficultés surmontées. De plus, il s'avérait que la création d'objet léger et peu contondant s'avérait utile, car les tempêtes ressemblaient pour les habitants à des tremblements de terre qui en plus s'éternisaient.

Quatre tempêtes avaient été essuyées sans problèmes. Dès la troisième, de nouvelles structures, déflecteur de lame et absorbeur de houle, avaient été rajoutées à la périphérie de ce qui était devenu une mégalopole flottante, assurant une grande stabilité qui était devenue supportable même pour ceux qui n'avaient pas ni le pied ni le coeur marin. Et quand la mer n'était pas déchaînée, c'était la pluie qui était souvent bienvenue comme un moment de tendresse atténuant les morsures salées de l'eau et les brûlures du ciel qui se réverbérait sur l'écume.

Grâce à Poséidon, le voyage vers les étoiles était devenu une réalité pour Afsânè. Toutes les pièces du plan Hodos-Ex-Terra étaient en place, et la planète mer pouvait accueillir le peuple de la planète mère. Ceux qui ne pouvaient se faire à cet univers liquide à l'horizon sans relief pouvaient se faire encore évacuer sur d'autres mondes comme Chica, Hôdo ou Ariane.

La production était arrivée à son rythme pratiquement optimisé. Mais il aurait fallu encore en augmenter la fréquence deux cents fois plus pour sauver le maximum de Terriens. Le Grand Rift préparait les plaques flottantes et de tous les coins de Terra, la ferraille et les tubes de métal abandonnés étaient envoyés sur Luna, ou une armée de robots, de cyborgs et de Synths construisait des astrolabs et parfois des vaisseaux supplémentaires tous mieux adaptés à la corrosion due à l'air salé. Tout cela était alors transféré auprès des stations d'assemblage de Saturne. Là s'achevait la préparation des émigrants Organos qui arrivaient maintenant par flot presque continu de tous les continents et qui se ressemblaient dans les métros spéciaux d'Afsânè.

Quant aux autres espèces terriennes, il n'y avait presque plus de mutants et chaque fois qu'on en découvrait un, il était immédiatement transféré pour rejoindre les siens sur Chica. Les cyborgs continuaient à proliférer sur Luna, mais ceux qui s'étaient ralliés à Mago Dioz pouvaient aller et venir d'un monde à l'autre avec les lits sarcophage ou en se cachant dans les soutes à bagages quand ils ne voulaient pas être mélangés aux Organos. Enfin, les Synths qui devaient voyager se casaient n'importe où puisqu'ils n'avaient pas besoin d'air, ni d'espace confortable pour des voyages qui de toute manière étaient devenus très courts pour eux.

Les Organos présélectionnés qui décidaient de ne pas partir trouvaient souvent des emplois dans l'empire comme techniciens de la migration. C'était des recruteurs, des « espions » qui surveillaient les sectateurs de Kâlî ou les courtisans, ambassadeurs, mercenaires et autres représentants des Dominants. Afsânè qui avait fait de ces élus au voyage des citoyens de facto persomésopotamiens, protégeait et assurait leur confort, car elle estimait que tous étaient ses sujets, où qu'ils soient. Beaucoup d'entre eux n'étaient pas, ou plus, féconds, et finiraient tranquillement leur vie sur Terra.

Les « élus » étaient trouvés par des recruteurs qui prenaient contact avec les familles indiquées par les ordinateurs de l'impératrice. Ils évaluaient leur sociabilité et, si elle s'avérait adéquate, leur exposaient le projet de colonisation en tentant de convaincre au moins un adulte seul ou un enfant. À aucun moment, la notion de « fuite » n'était évoquée. Il ne s'agissait sans plus que d'un grand projet d'exploration spatiale pour le compte personnel de l'impératrice qui n'engageait même pas son pays.

Pour gagner du temps, les métros avaient tous été modifiés afin de transférer directement les colons vers Saturne. Là, il était possible de mettre à l'épreuve leur sociabilité en les mettant dans des clans qui pouvaient devenir le leur jusqu'à l'arrivée au moins sur Poséidon. Dès leur arrivée en orbite autour de la belle planète aux anneaux, les futurs élus avaient la mission d'aménager leur double astrolab avec leur jardin, leurs habitations et leur zone d'activité associée à leur profession, hôpitaux, écoles... Parfois, le clan était complètement hétérogène et l'espace de travail ressemblait plus à une succession d'échoppes d'artisans. Chacun essayait de trouver au mieux sa place dans la société qui se formait.

Dès qu'un astrolab était complet et terminé, à un rythme moyen d'un par jour, il empruntait le conduit X2-plasmique.

À leur arrivée sur Poséidon, les colons étaient parrainés par des anciens qui leur fournissaient un plan de la ville avec les points principaux pour les secours et les embarcations de sauvetage. Par la suite, des réengagements s'effectuaient à l'intérieur de Poseïdopolis, la première cité de la planète. Des mariages s'y étaient déjà effectués et surtout des naissances avaient augmenté la population en donnant les premiers Poséidonais arrachés à Terra. Il était donc temps maintenant de commencer à explorer la planète et essaimer d'autres cités flottantes.

Chapitre 13.- Enfers et damnations.

Héphaïstos ne montrait jamais sa surface. Même le pôle froid se voilait perpétuellement d'une dense vapeur d'eau rapidement transformée en neige fondante ou en grésil. Aussi blanches étaient les calottes, aussi foncées étaient les franges équatoriales. Entre ces deux zones, dans ce qui devait être les zones tempérées sur d'autres planètes comme Terra, des laves rouge plus ou moins foncé charriaient des croûtes flottant dans des sillons presque parallèles perturbés par lents tourbillons.

La planète infernale de l'empire d'Afsânè était la dernière à se voir dotée d'une ruche portique d'un conduit x2-plasmique. Comme tous ces types d'assemblages, celle-ci était dotée d'un gigantesque cerveau électronique conçu par les Synths qui pouvait assurer les milliers de calculs pour les productions et chaque simulation, ainsi que de conduits d'énergie en plus des routes des voyageurs. Mais cette fois-ci, la structure était doublée d'une seconde roue, bien plus complexe. Il ne s'agissait pas de simples docks de montage et d'assemblage comme dans les autres modèles. Il s'agissait cette fois-ci d'une usine métallurgique presque identique à celle de la Lune, car la planète aurait pour tâche de produire des astrolabs de colonisation et tout le matériel adéquat.pour les équiper.

Les ruches d'Ariane et de Poséidon permettaient de communiquer à la fois avec d'autres planètes et avec le sol pour transporter des gens et du matériel ; sur Héphaïstos, le conduit qui reliait la paire de ruches à la surface servait à pomper la lave.

Peu de gens vivaient à la surface. Les conditions de vie y étaient particulièrement inhumaines aussi, ceux qui y séjournaient, n'y restaient jamais très longtemps. Seuls les planétologues, vulcanologues et métallurgistes avaient le courage de descendre au niveau de la fournaise. Aucun autre expert ne s'y était risqué même pour vérifier l'abri et les machines, et seuls les Organos s'y étaient rendus.

En fait, tout était contrôlé par un superordinateur lui-même télécommandé par des Synths, mais par précaution, tous les Organos, même ceux qui n'étaient pas du métier, pouvaient aussi le surveiller sur place. Ils disposaient pour cela d'une check-list et pour éviter les erreurs dues à la monotonie, cette vérification ne pouvait être réalisée plus de trois fois consécutivement par la même personne.

Tout semblait tourner comme une horloge bien réglée entre les différents points de l'espace qui accueillait les humains sous la protection d'Afsânè, sauf sur Terra où les évènements se compliquaient.

Les Dominants essaient de récupérer le huitième pôle économique, celui de la gestion de l'énergie dont le siège social était en Persomésopotamie sous la gestion de leurs empereurs. Ce groupe dissident avait réussi à ratifier l'alliance avec toute la Communauté du Pacifique et cela avait déclenché la guerre. Pas une guerre armée ouverte et franche. Les Dominants évitaient les actes policiers, et à la rigueur, préféraient les commandos terroristes. Mais leurs armes de prédilections étaient toutes basées sur des variantes de l'idéologie économique.

C'est en fouillant inlassablement et en profondeur le Réseau à la recherche de tous les frémissements provoqués par les Dominants que Claire et Chris furent découverts. Ils étaient les résultats des dernières expériences en manipulation de la vie humaine : ranimer des morts de longue date. Heureusement pour eux, ces derniers avaient encore des traces dans le Réseau, car ils avaient été ressuscités avant l'expiration de leur bail informatique qui était limité à une dizaine d'années après leur disparition selon un calcul compliqué d'espérance de vie.

Les deux quasi-zombies furent recrutés par Afsânè qui s'était promis de les aider à retrouver leur statut de « vivant ». Bien sûr, leurs allinones avaient disparu et ils faisaient donc partie des nones. À ce titre, ils surveillaient les bas fonds de Terra et il s'avérait qu'ils étaient extrêmement habiles pour dénicher des informations secrètes concernant les Dominants. Et pour cause : Claire et Chris étaient selon les données résiduelles du Réseau des détectives privés.

Ils avaient été retrouvés enlacés dans une chambre froide où la mort les avait figés théoriquement pour toujours. Le fait qu'ils s'étaient étreints dans les bras l'un de l'autre, probablement pour conserver le plus longtemps possible de la chaleur en attendant quelques secours improbables, avait emballé certaines imaginations qui avaient surnommé le couple Roméo et Juliette. Il n'y avait eu en réalité que l'imagination de quelques fous qui voulaient croire à un amour éperdu pour se donner bonne conscience en ramenant à la vie deux cadavres pas trop dégradés grâce à la congélation. Le but était d'expérimenter la réactivation de la croissance des cellules, surtout des plus fragiles, celles du cerveau. Mais pour une raison inexpliquée, ils furent abandonnés. Peut-être parce qu'ils souffraient d'amnésie. Les neurones régénérés n'avaient pas reconstitué la mémoire effacée. Roméo et Juliette ? À la poubelle ! Être ou ne pas être... rentables... voilà la question.

Grâce aux Synths, Claire et Chris s'étaient reconstruit une personnalité cohérente. Il leur était difficile d'admettre qu'ils étaient entre des « nones » et des « Otros », même s'ils avaient compris qu'ils n'avaient plus place au soleil, du moins comme « Organos ». Leur expérience de détective et leur statut de « sans allinone » leur permettaient d'essayer de s'introduire dans la secte de Kâlî.

Les nones ne communiquaient pas sur le Réseau puisqu'il était dépouillé de l'instrument qui servait de pièce d'identité indispensable à la vie dite civilisée. Sans cet allinone qui était un droit d'exister, les personnes n'avaient qu'une possibilité : vivre dans les égouts, les couloirs abandonnés des métros et tous les souterrains oubliés, là, où se recrutaient les membres de la secte, pour la plupart, des brigands enlisés dans leurs propres convictions sublimées par l'endoctrinement de Kâlî. Pour accélérer l'appâtage, le couple décida d'être emprisonné dans le prétendu goulag volcanique monté par l'impératrice persomésopotamienne. Il ne fallut pas attendre longtemps, en effet, pour qu'ils fussent « interceptés », convertis, puis recrutés pour participer à l'oeuvre grandiose de la déesse noire, divinité ambiguë au service de la Mort contre le Mal.

Il était très difficile de se fondre dans leur nouveau groupe, car il fallait faire ses preuves, mais Claire et Chris étaient doués dans ce type de travail. De plus, en réussissant à s'infiltrer dans la secte, ils renouaient ainsi avec leur ancienne profession, ce qui semblait aussi « ressusciter » des souvenirs. Ils avaient déjà eu à infiltrer des groupes mafieux et y avaient perdu la vie. Une première fois et, l'espéraient-ils, la dernière fois avant une mort « naturelle » inévitable.

Afsânè n'aurait pas prêté attention à cette bande d'illuminés, une de plus aux coutumes folles et criminelles. Mais celle-ci était beaucoup trop proche des activités de l'impératrice synth qui devait éviter toutes interférences néfastes au projet Hodos-Ex-Terra. Elle n'avait pas prévu, en confiant la mission d'espionnage au couple ressuscité, que cela apporterait en plus d'une aide psychique à ses protégés, une foule d'informations stratégiques.

Les plans d'attaque étaient préparés et décidés par le clan local, car, comme tous les autres, il ne disposait d'aucun moyen pour communiquer sur le Réseau. C'était donc chaque unité de sectateurs qui décidaient qui devait être victime de leur prochain assassinat purificateur. Ils disposaient d'une liste et devaient se débrouiller pour y piocher l'offrande qui conviendrait à leur divinité. Le clan du Rift avait toujours pour l'instant en toute première priorité le mystérieux prêcheur cyborg, ce qui prouvait son importance et que sa mort ne leur était pas connue. S'agissait-il alors d'un accident, d'un hasard qui pourrait être habilement utilisé ?

Les sectateurs se conformaient à la tradition de thugs qui consistait à tuer par strangulation. Cela pouvait donner l'avantage à l'impératrice, car les Synths étaient insensibles à la strangulation. Un androïde se déguisa donc en cyborg en enlevant tout simplement la peau de certaines parties du corps comme les bras et la calotte crânienne en incluant les yeux, mais pas la nuque qui devait donner l'illusion de pouvoir être étranglé. Dès que le faux cyborg fut prêt, Claire déclara à ses nouveaux complices qu'elle avait découvert le prêcheur, et puisque c'était elle qui en avait l'honneur, elle organisa l'assassinat. Un seul homme suffisait, mais il fallait le plus possible de témoin pour vanter les qualités de leur travail. Chris fut chargé de tuer la victime pour assurer son allégeance à Kâlî. Les autres seraient les spectateurs sauf si Chris ne terminait pas sa tâche, ce qui, évidemment, n'arriverait pas. Tout était en place et en fait, la partie la plus difficile dans toute cette préparation fut de convaincre les Synths et surtout la victime de jouer ce rôle, car ils n'aimaient pas mentir. Mais ces trucages devaient permettre aux espions d'Afsânè de percer les légendes de la grande prêtresse de Kâlî qui siégeait à Calcutta et de rentrer dans ses confidences.

On prétendait que cette dernière avait le droit de tuer avec une lame, car elle ne faisait pas couler le sang. Ses victimes étaient mortes avec le visage serein, vraisemblablement dans l'impossibilité de bouger le moindre muscle. Tous avaient des accidents multiples de coagulations internes. Cette fin devait être horrible, même si le visage du mort paraissait calme et reposé, et ce qui était plus remarquable, c'était qu'il n'y avait jamais la moindre trace de sang, car chaque fois, un cataplasme de plante principalement à base de figuier de banian était appliqué sur la blessure. Mais, en fait, jamais personne n'avait vu ces morts et tout n'était que rumeur.

De plus, on racontait aussi que seules les femmes arrivaient à survivre à leur rencontre avec la prêtresse de Kâlî. Et pour cause, elles formaient le clergé et la garde rapprochée.

Il se pouvait que ces histoires fussent inventées pour écarter les curieux. Mais il était plus sage d'en tenir compte, vu les « qualités » de la secte. C'était en tout cas très dissuasif pour éviter toute désobéissance, toute traîtrise : quand on rentrait au service de Kâlî, on le restait jusqu'à son dernier souffle. Dès lors, Claire et Chris se « spécialisèrent ». Elle s'occupait de plus en plus de stratégie et lui des missions les plus « délicates ». Dès cet instant, Chris restait dans l'ombre, pour ne pas gêner sa compagne dans l'approche prudente de l'araignée au milieu de sa toile.

Le couple ne se voyait plus que dans des endroits les plus discrets préparés par les Otros et les Synths. Et pour communiquer entre eux, les Synths leur avaient confectionné des mini allinones « parasite » qui avaient la faculté de se greffer virtuellement à un autre allinone comme s'il s'agissait d'une extension. Ainsi, l'utilisateur pouvait s'introduire incognito sur le réseau avec une identité d'emprunt, ce qui était très pratique pour les nones qui n'avaient plus d'identité officielle.

Après des mois préparation, tout était fin prêt pour le simulacre d'assassinat quand la fortune apporta le coup de pouce qui faciliterait l'infiltration de la secte au plus haut niveau.

Il n'avait pas été trop difficile de découvrir quelles étaient les victimes traditionnelles des serviteurs de Kâlî en dehors de la mission « punitive » et particulière contre le faux prêcheur cyborg : les Dominants de toutes sortes... La déesse semblait leur vouer une haine féroce. Or, le clan venait d'apprendre que quelques-uns de ces personnages haïs, à traquer impitoyablement, avaient organisé une excursion dans le Grand Rift. Afsânè s'était attendue depuis longtemps à ce type de visite et se demandait toujours pourquoi ses « ennemis » avaient mis tant de temps pour dépêcher des espions, car elle ne pensait pas qu'il s'agissait de simples touristes richissimes à la recherche d'émotions fortes.

Elle mit donc en place le plan qu'elle avait préparé de longue date en prévision d'une telle visite. L'idée remplaça la chasse au faux prêtre qui représentait trop de risques, car personne ne savait exactement ce qui s'était passé et rien ne prouvait que Kâlî ne fût déjà pas au courant de sa disparition. Claire et Chris améliorèrent le nouveau stratagème : les Dominants seraient accueillis avec beaucoup d'affabilité, et invités à visiter tous les sites géologiques intéressants, mais sans vraiment prendre contact avec les travailleurs du Rift.

Même si c'était des Dominants, Afsânè ni aucun autre Synth n'eurent pu se résoudre à les laisser aux mains de Kâlî. Pourtant, il fallait exploiter cette situation pour que Claire et Chris puissent montrer leur bonne foi et leurs compétences, afin de mieux étudier et mesurer les dangers de la secte pour le projet Hodos-Ex-Terra.

Le plan consistait tout simplement à créer rapidement les sosies des touristes interprétés par des Synths. La substitution se ferait au cours d'une bousculade ou lors d'un passage dans un lieu isolé disposant d'entrées multiples et de coulisses. Ce fut cette dernière option qui fut choisie, car c'était plus facile à mettre en oeuvre par les androïdes qui n'aimaient pas trop bousculer les visiteurs, quels qu'ils soient, pourtant la seconde solution n'était pas évidente à trouver.

Il existait une zone peu fréquentée, car difficile d'accès. Ceux qui s'y rendaient devaient emprunter une étroite passerelle large pour une seule personne et passer au-dessus d'une lave incandescente. À l'extrémité, un sas contenant des combinaisons isothermiques. Deux vestiaires avaient été prévus, l'un pour les femmes et l'autre pour les hommes. Mais en l'occurrence, il suffisait d'enfiler la combinaison sur ses vêtements puisque tout le monde était « obligatoirement » en pantalon pour l'excursion, ce qui ne requérait pas de séparer les sexes. Tous les touristes furent conviés à rentrer dans la seule pièce qui leur fut ouverte. Un ascenseur descendait vers une construction d'observation scientifique à la surface de la lave. Dès que les visiteurs eurent quitté le sas, le groupe de Synths sosies sortirent de l'autre vestiaire. Ces derniers revinrent vers une zone plus douce où boissons et souvenirs leur étaient offerts. Ils allèrent se détendre sur les balcons qui offraient de merveilleux points de vue et surtout qui permettaient de se libérer de leurs trop pesants guides.

En attendant, les Dominants, les vrais, avaient un avant-goût de la saveur de l'enfer au cours de leur visite, car à leur grande frayeur, l'ascenseur tomba en panne et il fut impossible de remonter à la surface. Et cette panne dura longtemps surtout quand on est enfermé dans un petit espace clos suspendu à quelque filin au dessus d'une géhenne. Ils se rendirent compte avec effroi qu'ils ne pouvaient même pas appeler les secours, car ils avaient laissé leur allinone dans les vestiaires. On leur avait dit qu'ils ne résistaient pas à la visite. Et ils ne les verraient plus : il fallait que les sosies les aient pour donner le change, car les fausses victimes en seraient dépouillées, puis des experts les remettraient en service comme fausses pièces d'identité après avoir vidé tout le contenu monnayable. Les Dominants touristes échapperaient à la mort physique, mais pas à la mort civile.

Dès que toutes les pièces du scénario furent en place, Claire lança l'ordre d'attaquer les faux Dominants. Les sectateurs choisirent leur victime sous l'oeil vigilant de Chris qui ne voulait pas de bévue, pendant que sa compagne s'occupait avec une autre équipe à distraire les guides du Rift, qui étaient d'ailleurs complices, afin qu'il n'y ait aucun témoin des meurtres. Ceux-ci se déroulèrent parfaitement dans les temps. Les membres de la secte eurent juste le temps de dépouiller les morts de leurs allinones tout en or sertis de pierres précieuses, que déjà les gardiens du Rift surgirent de partout. Les assassins n'eurent pas trop l'occasion de s'intéresser aux cadavres qu'ils ne purent cacher selon la tradition.

Il y eut juste une petite « alerte » heureusement vite dissipée. Quand les assassins se réunirent dans leur cachette, un vieux labo d'observation géologique désaffecté, l'un d'eux expliqua qu'il avait trouvé que sa victime, une femme, lui avait semblé bien lourde. Mais il se demanda seulement de quel genre d'armure elle était protégée. Ce qui le fit éclater de rire en constatant que la cuirasse n'avait nullement sauvé la gorge. Chris ironisa en remarquant que l'émotion l'avait peut-être troublé, car il était inhabituel de réduire à néant un si beau corps, qui normalement était sacré pour Kâlî qui ne demandait que des sacrifices mâles. Cet humour perfide coupa court la discussion et plus personne ne s'éternisa sur les détails de cette   aventure.
Les corps des victimes furent rapidement transférés pour autopsie et conservation en chambre froide à cause de la chaleur du Rift qui entraînait une rapide décomposition des cadavres. Mais les méandres de l'administration généralisée furent tel que les corps s'égarèrent quelque part en Thaïlande. La trace des Dominants disparut. Du moins, pas pour tout le monde.

Pendant ce temps, les vrais Dominants qui n'avaient vraiment pas de chance furent kidnappés. Les faux bandits du simulacre voulurent les prendre en otage et enfermèrent les malheureux touristes dans les vestiaires, ceux qui ne contenaient pas leurs affaires. Comme par hasard, les gardes du Rift arrivèrent justes à temps là aussi pour faire fuir les brigands, évidemment trop tard pour récupérer tous leurs biens et surtout leur allinone.

Les six touristes furent recueillis par des serviteurs d'Afsânè qui firent croire que les gangsters étaient en réalité des tueurs à gages, mensonges faciles à avaler pour ceux qui étaient habitués aux luttes mortelles du pouvoir tout en haut de la Pyramide, un mode de vie assimilé à un jeu stimulant.

Les vraies « victimes » s'étaient retrouvées ainsi « nones », inexistantes, à l'instar de Claire et Chris. Par conséquent, elles étaient automatiquement protégées par l'impératrice persomésopotamienne. Et dans ce cas, elles pouvaient, si elles le souhaitaient, être transférées dans les métros de Mésopotamie ou ailleurs dans l'Espace. Ils pouvaient... sauf que c'était des Dominants, c'est-à-dire des persona non grata sur Hôdo et dans le projet Hodos-Ex-Terra.

Laisser les Nones-Dominants sur Terra eût été dangereux, car qui sait ce qu'ils auraient pu faire pour retrouver leur statut privilégié qu'ils avaient sans doute déjà eu avant sans vergogne et sans un regard pour les dégâts sociaux collatéraux ? Malgré les apparences qu'ils pouvaient parfois donner, ils étaient tout sauf altruiste.

Bien sûr, en toute honnêteté, les allinones pouvaient être perdus et être fabriqués à nouveau. Mais c'était si difficile, cela prenait parfois une année de transactions administratives. Un temps suffisant qui pouvait laisser tomber dans l'anonymat, la pire mort, n'importe qui non assez solide pour résister aux lenteurs et tracasseries du service d'identité. Et contrairement à ce qui pouvait se croire, l'influence des Dominants n'aidait pas toujours, bien au contraire même, à retrouver rapidement ces droits civiques, car la concurrence, ou plutôt la jalousie, était si farouche, les places si chères et plus que tout, la revanche des petits chefs sur les grands si délicieusement implacable, que les embûches administratives s'en voyaient bien plus accrues.

Pendant un certain temps, les Dominants furent donc hébergés dans le palais de l'impératrice, l'endroit qui était probablement le plus protégé de la Terre. Comme Afsânè s'y attendait, leur prison d'or finit par leur peser. Alors, elle leur proposa de se rendre sur la colonie d'Héphaïstos. L'homme est tellement épris de liberté qu'il préfère être libre en enfer plutôt que rester emprisonné dans un paradis. Mais comme le disait Chris avec amertume : ce n'était pas trop cher payer la vie...

Ainsi, les Dominants amateurs de volcans se retrouvèrent en orbite autour de la planète infernale. Là, le panorama vu par les hublots se limitait aux laves, aux nuages incandescents et aux étoiles dans la nuit la plus totale. Heureusement, les astrolabs étaient tous dotés d'espaces verts rappelant ceux de Terra, même s'ils étaient évidemment bien plus petits. L'un des couples, encore jeune, eut un enfant, et un célibataire y trouva la compagne avec qui partager sa vie. Ils avaient eu enfin le temps de penser à autre chose qu'à dominer, réduisant pour cela leurs heures de repos et de détente au strict minimum vital.

Chapitre 14.- Le conseil

— Impératrice !

— Oui, Mma ?

Même en l'absence d'étrangers, tous les Synths du palais s'appelaient avec les titres officiels que les Organos attendaient d'eux. Il fallait que leur mémoire soit bien imprégnée de leur rôle pour ne pas être pris à l'improviste ou — ne sait-on jamais ? — si une oreille indiscrète se cachait dans un placard ou si un oeil curieux épiait derrière un voile tous les gestes et faits de la cour impériale. La bâtisse offrait de nombreuses cachettes, car c'était un labyrinthe en dehors de deux zones parfaitement agencées à chaque « extrémité », l'une publique pour recevoir les visiteurs, l'autre privée où étaient aussi hébergés les amis. L'entourage d'Afsânè devait se monter prudent, car elle n'était pas omnisciente et les Organos débordaient d'imagination pour assouvir leur paranoïa.

— Nous avons reçu une demande d'entrevue...

— J'en ai toujours, fit-elle, avec un gentil sourire. Qu'a-t-elle de particulier, celle-ci ?

Mma s'occupait de recevoir les requêtes de ceux qui se rendaient en personne dans le palais, car ils étaient nombreux et leurs doléances très variées. En général, elle orientait ces personnes vers le personnel compétent pour leurs problèmes et elle hébergeait les autres dans le palais en attendant que l'impératrice accepte soit de les recevoir soit de prendre un rendez-vous.

La complexité du palais avait été inspirée à la fois de palais tibétain au nombre impressionnant de pièces, et des pyramides égyptiennes pour l'agencement destiné à égarer les curieux. Les rois de tout temps, morts ou vivants, attiraient voleur, admirateur, paparazzi... et pour peu que le monarque soit vraiment opérationnel, il attirait aussi les espions. Ainsi, il était possible de loger plus d'un millier de famille sans qu'aucune n'arrive à découvrir le coeur du palais.

— Cette requête émane de la part des Dominants.

— Ils sont venus ici ? Sans me prévenir ?

— C'est le conseil supérieur lui-même qui s'est présenté. Il est ici. Il attend.

— Tu les as logés.

— Ils ont refusé. Ils ont voulu que je vienne vous le dire en personne.

— Je suis Impératrice, et c'est moi qui déciderai qui, où et quand aura lieu cette réunion si je daigne l'accepter.

— Je le leur ai dit. Ils ont insisté pour que je vienne vous dire qu'ils étaient ici et qu'ils attendaient.

Afsânè fit une moue typiquement d'Organos en hochant la tête, comme si elle jaugeait mentalement plusieurs options. C'était l'une des nombreuses expressions du langage non parlé qu'elle s'était habituée à acquérir pour paraître toujours plus impératrice de chair.

— Ont-ils donné le motif de cette visite qui semble de toute première urgence ? continua-t-elle.

— Oui. Ils prétendent que vous violez les règles du 8G en détournant de l'énergie. Ils disent qu'ils ont des preuves formelles.

— Tiens, tiens ! Voyez-vous çà ! Ils ont appris cela par leurs agents que nous avons migré sur Héphaïstos ?

— Impératrice ! Vous ne devriez pas prendre cela à la légère. Ces gens sont puissants. Plus qu'une impératrice...

— Pas n'importe laquelle. Mais s'il le fallait, faudrait il que j'invite nos alliés yakusa, histoire de flanquer un peu la pagaille ?

— Impératrice ! s'horrifia Mma.

— Va ! Et dis-leur que je ne peux les recevoir tout de suite, mais que je le ferai aussi vite que possible. Va vite ! J'ai besoin de me préparer.

Afsânè se rendit dans une pièce inoccupée du palais. C'était une petite salle blanchâtre sans la moindre décoration et avec, pour seul objet au milieu de la salle, un tapis frappé de l'emblème de la Persomésopotamie.

Afsânè s'y agenouilla et sembla prier. En fait, il s'agissait d'une puissante interface qui permettait de se raccorder au Réseau sous des identités diverses choisies au hasard pendant une durée aléatoire. De plus, le tapis offrait une protection contre l'espionnage électromagnétique « effaçant » virtuellement toute présence dans un volume approximativement d'un mètre de diamètre.

La synth voulait se préparer pour la réunion en devinant à l'avance les sujets qui intéressaient les Dominants. Mais ces derniers ne voulaient justement pas qu'elle se prépare pour mieux la prendre à l'improviste, aussi piaffait-il d'impatience dans le hall de réception des requêtes. On ne force pas la main à une impératrice, qui généreusement accepta d'héberger les impatients visiteurs pendant une semaine dans les quartiers les plus prestigieux du palais.

En fait, elle aurait pu accepter dès le lendemain même de rencontrer ses homologues du 8G, mais elle devait jouer le jeu d'une impératrice Organos offensée qui aurait probablement montré un certain mépris pour ces Dominants sans titres de noblesse qui osaient troubler sa sérénité dans son propre palais.

Enfin, lorsque les Dominants purent se présenter devant elle, ils eurent la mauvaise surprise de voir qu'elle avait invité le premier ministre Yakusa. Afsânè avait appris que la délégation du 8G était venue en « oubliant » le Japonais. Il manquait aussi le Dominant de la Réunion Indienne puisque ce dernier s'était fait tuer alors que ses collaborateurs les plus directs enquêtaient sur les agissements de la Persomésopotamienne dans le Rift, lesquels d'ailleurs y avaient aussi trouvé la mort, histoire qu'Afsânè connaissait mieux que quiconque.

Réunis autour d'une table octogonale, dans une pièce qui avait la même géométrie, cinq Dominants légalistes faisaient face à des deux « dissidents » de l'ordre du management mondial.

— Entre élus nous pourrions, nous devrions... commença l'Africain.

— Élus ? coupa le Japonais avec un ton cassant et pourtant dénué de toute émotion comme un joueur de poker taquinant les nerfs des autres partenaires.

— Qu'importe vos pinaillages et laissons de côté les considérations d'éthiques populaires, reprit l'Américain du Nord. Nous sommes tout en haut de la hiérarchie humaine, parce que nous sommes les meilleurs et le fait d'être les meilleurs est la preuve que nous sommes les élus de dame Nature.

— Quoique, je préférerais ne pas inclure quelqu'un qui a du sang sur les mains, fit l'Européen en lançant un regard méprisant à l'égard du yakusa.

— Vous, vous avez plus de meurtres sur la conscience, répondit ce dernier du tac au tac. Vous nous prenez toujours pour des bandits du vingtième siècle ? Mais vos décisions ruinent bien plus de vies, voire de groupes, communautés ou entreprises.

Le ton neutre du yakusa étonnait tout le monde. Autant personne ne soupçonnait que l'impératrice n'était pas une Organos, autant le ministre nippon pouvait passer pour un Synth. En fait, il maniait le sabre verbal pour couper dans le vif, sans colère, sans haine, et peut-être même sans envie de décapiter.

— Vous, vous êtes restés des hors-la-loi.

— Et vous, vous êtes la loi, vous êtes le prêt-à-penser. Est-ce mieux ? Répondit le Japonais à l'Américain du Nord.

— Vous êtes des Dominants égoïstes comme la piétaille. Vous ne pensez qu'à votre clan, qu'à vos sujets.

— Vous pensez à qui quand vous dominez le monde ?

— Et si on en venait au principal, coupa calmement Afsânè.

En tant qu'impératrice, elle était accoutumée à ces joutes verbales, mais comme Synth, elle avait quelque peine à y prendre part. Aussi, souvent les Organos voyaient en elle une sagesse qui n'était en fait qu'une inertie à prendre la parole pour agresser, voire ne rien dire.

L'Africain entra dans le vif du sujet :

— Vous avez détourné de l'énergie sans que nous en soyons au courant ce qui est en violation avec les statuts d'égalité de distribution des rôles planétaires.

— C'est pourtant précisément à moi que revient le rôle de gérer l'énergie, répondit Afsânè en fixant droit dans les yeux celui qui venait de parler.

L'impératrice avait découvert que le regard des Synths, lorsqu'il était volontairement immobile et inexpressif, ce qui ne leur posait pas de problème, au contraire, mettait mal à l'aise les Organos et désarmait souvent leur agressivité.

— Oui, mais vous n'avez pas le droit d'abuser à titre personnel de ces privilèges, continua-t-il presque en s'excusant. C'est une attitude propre à votre invité japonais. Je crains qu'il ait sur vous une mauvaise influence...

— Bande de jaloux, ironisa le yakusa. Dites plutôt que vous n'avez pas découvert comment détourner le problème.

— Vous savez mieux que quiconque ce que signifie le respect d'un contrat, alors, n'ironisez pas ! Ils sont garants de paix, répondit l'Africain. Et comment expliquez-vous l'usage personnel qu'elle fait du Grand Rift pour ses ressources minières, qui soit dit en passant, est du ressort de l'Américain du Sud ? Et toute l'énergie qu'elle dépense pour ses galeries, qui incomberait elles, aux Européens ? Et ces étranges activités sur Luna ?

— Qui incomberait à...? commença le Japonais.

— C'est simple, répondit Afsânè. Comme il est de mon devoir, je pousse des études très avancées sur de nouvelles énergies. Mais ces expériences sont très dangereuses et je ne peux les mener ouvertement dans des endroits très habités, aussi je fais cela le plus loin possible de notre chère planète, et dans des endroits relativement sûrs comme « mes » galeries souterraines. Notre accord sur le partage des ressources tient toujours. C'est vous qui avez brisé notre accord sur une politique économique en reversant l'Enn.

— C'est vrai, fit le Chinois. Afsânè ne nous a jamais nui, mais vous, vous avez rejeté le projet Enn, qui est intimement lié à la gestion de l'énergie.

— Vous ? Vous, comme si nous n'étions pas tous d'accord en venant ici ?

— Nous n'étions pas tous d'accord. Rappelez vous, vous n'aviez récolté que cinq voix.

— Ça alors, explosa l'Américain du Nord, j'avais toujours pensé que c'était cette petite peste d'Indienne. Vous au moins, vous savez garder un secret.

Le Chinois se contenta de hocher la tête en gratifiant l'assemblée d'un sourire laconique.

Le yakusa reprit sans aménité :

— L'absence du délégué de la Réunion indienne, a-t-elle quelque chose à voir avec ceci ?

— Pur hasard. Je vous l'assure dit l'Américain du Nord. D'ailleurs, mes soupçons iraient à l'encontre d'Afsânè, car leur dernier rapport de mission vient des rifts qui sont sous son contrôle.

— Mais, on sait que cette région est infestée par la secte de Kâlî, remarqua l'Américain du Sud. Or cette secte est indienne, non ? D'où on peut se poser la question...

Ceux qui étaient en face d'elle n'étaient pas tous ses ennemis. En son for intérieur, le yakusa croyait que cela voulait dire que ces alliés étaient des opportunistes qui attendaient sans doute le moment où un geste de gratitude viendrait récompenser leur « dissidence ». Il en profita pour retourner le couteau dans la plaie :

— Au fait, je croyais que vous étiez d'ardent défenseur de l'écologie ?

Sans laissez le temps au Latino de répondre, son voisin continental ironisa.

— L'enn une mesure écologique ! Vous n'allez tout de même pas nous faire croire que vous continuez à défendre cette idée alors que la fin du monde est annoncée.

Afsânè saisit la balle au vol :

— Vous y croyez vous ? Je pensais qu'il n'y avait que les membres de la secte de Kâlî qui y prêtaient foi.

— Nous sommes des Dominants et nous devons être au courant de tout, répondit l'Africain.

— Même si nous ne comprenons pas tout, cette éventualité doit être plus envisagée, enchaîna l'Européen.

— Pour une fois, je serais presque d'accord avec vous. Oui, cette éventualité doit être envisagée. Mais celle où il ne se passerait rien est toujours possible, et donc en raison de cette perspective nous n'avons pas le droit de détruire la Terre.

— Qui vous parle de détruire la Terre. Nous entendons ces lamentations depuis si longtemps. N'avons-nous pas fait de grands progrès ? Et puis, si cela ne sert à rien, pourquoi n'aurions-nous pas le droit de profiter des derniers instants de la vie sur Terre ?

Il partit d'un grand éclat de rire, trouvant sa réplique très drôle.

— Donc il nous faut plus d'énergie. Non seulement pour en profiter, mais aussi pour développer tout ce qui est en notre pouvoir pour trouver cette fameuse planète mystérieuse que l'on appelle Hôdo, continua l'Européen.

— Votre énergie... commença Afsânè qui n'eut pas le temps de terminer sa phrase, car le yakusa intervint en s'inclinant aussi profondément que la position assise le lui permettait pour s'excuser d'une telle discourtoisie :

— Je suis vraiment désolé de vous couper. Vous êtes incontestablement une bonne, une excellente impératrice, Impératrice. Mais vous ne savez pas négocier avec ces rapaces.

— Dois-je comprendre que c'est pourquoi elle doit s'associer à des requins ? Continua l'Africain amusé.

— Nous ne sommes le poisson-pilote ni de l'un ni de l'autre. Mais je suis directement concerné par ce que fait l'impératrice. En défendant ses intérêts, je défends les

144

miens. Et, contrairement à vous, je défends ceux de mon peuple.

— Vous avouez donc que vous êtes ségrégationniste, fit l'Européen sentencieusement. C'est contraire aux règles du 8G !

— C'est grave, très grave, continua l'Africain...

— Je vous l'ai toujours dit, fit l'Américain du Nord. Si nous ne pouvons pas nous débarrasser du Yakusa alors, il faudra réduire le 8G à 7. Peut-être même 6, car je pense que le Croissant Fertile est sous l'emprise maléfique du dominion du Pacifique.

— La belle affaire ! Le 8G, une gouvernance pour un monde parfait ? Vous n'allez tout de même pas nous faire croire que vous continuez à défendre cette idée alors que la fin du monde est annoncée ?

Afsânè savait que toute discussion était terminée. Depuis le début pratiquement. Ce n'était qu'une passe d'armes pour jauger la représentante du Croissant au 8G. Quelques avertissements voulaient signifier qu'on la surveillait et qu'on la surveillerait de plus près, et toujours plus s'il le fallait. De son côté elle avait appris quelques informations intéressantes et elle comptait bien s'en servir. Maintenant, il ne restait plus qu'à terminer cet entretien en douceur.

— Je pense que nous n'avons plus rien à dire. Vous avez raison, le 6G me laisserait plus l'opportunité pour accomplir sereinement ma tâche. Voyez-vous, je n'ai pas l'ambition de mon aïeul de vous faire tomber. Mais si vous le faites pour elle, je ne vous en empêcherai pas. Néanmoins, ce n'est pas parce que je ne suis pas d'accord avec vous que je déclare la guerre, de même que ce n'est pas parce que je suis pacifiste que je m'écraserai devant vous. Quoi qu'il en soit, je m'engage à fournir plus d'énergie dès que je considérerai que je pourrai le faire sans danger.

— Mais vous vous en servez bien, interrogea le Latino.

— Il faut bien s'en servir un minimum pour savoir si cela marche ou non, répondit le Yakusa.

Afsânè lui fut reconnaissante, car un Synth, même versé dans la politique, ne savait pas créer des esquives avec autant de désinvolture féline. C'était une chance que les yakusa étaient des gens pour qui le respect du secret était une valeur sûre. Ils étaient les seuls qui étaient dans la confidence des conduits X2-plasmique créés et gérés par les Synths dont ils connaissaient et l'existence et la nature. Ils avaient aussi deviné que ces conduits étaient utilisés d'une manière ou d'une autre pour acheminer de l'énergie.

Bien sûr, le silence avait un prix, ou plus élégamment dit, méritait reconnaissance. L'impératrice le savait.

— Votre énergie, ce serait une bonne chose pour tous, reprit, conciliant, le Chinois. Notre planète est exsangue et cela se fait ressentir dans le bien-être de tous nos administrés.

— Je ne le sais que de trop, croyez-moi, répondit Afsânè, qui ne savait pas s'il s'agissait d'un chantage humanitaire ou non, venant de la part d'un Dominant... Je sais, mais il y a un sérieux problème qui me gêne dans mes progrès : la secte de Kâlî ? Vous la connaissez ?

Seul le Chinois répondit par l'affirmative, ce qui confirmait ce que pensait Afsânè depuis le début, les Dominants étaient si loin de la population terrienne qu'ils ne savaient même pas ce qui s'y passait. Selon lui, la secte de Kâlî était dangereuse pour la société, et donc les Dominants, car elle recrutait parmi les personnes désespérées. Son nombre était devenu très important, car la mondialisation avait beaucoup mieux réparti les richesses. En fait, elle avait équitablement distribué la pauvreté, en rendant les couches dites moyennes de la société plus homogène maintenue juste à la bonne limite afin de bien vendre l'égalité des chances. En fait, c'était la misère qui était ainsi devenue monnaie courante.

Le bien-être de la planète fatiguée, ou plus précisément celui des infatigables Dominants, ne permettait aucune erreur. Ceux qui avaient été déchus à un moment ou à un autre de leur droit de consommateur n'avaient plus la possibilité de redevenir des bourgeois. Dans ce domaine, on pouvait considérer que toute chute était définitive. Kâlî était sinon le dernier espoir, la dernière vengeance...

L'emprise de la déesse de la destruction s'étendait de plus en plus loin, en Asie, et dans le sud de l'Afrique. Seul l'empire Yakusa résistait, car leurs bas-fonds avaient déjà été écumés, et les âmes perdues, repêchées.

Les âmes perdues ? Afsânè savait que c'était celles-là qui sauveraient le plus l'espèce humaine de Terra, car justement elles n'avaient rien à y perdre sur Terra. Les autres, les nantis ou ceux qui croyaient l'être refusaient souvent de suivre l'impératrice de l'Espace dans sa folle odyssée.

Grâce au délégué chinois, cette réunion n'avait pas été inutile. Afsânè s'était concentrée sur les informations du Réseau pendant tout l'entretien et elle venait de découvrir l'existence d'une frange importante de personnes qui sans être none n'accédaient plus au réseau. Tout simplement parce qu'il n'avait plus de travail, et donc plus le droit de consommer et donc plus d'énergie pour accéder au Réseau. Eux, ils devaient squatter à la surface, car ils existaient encore, contrairement aux Nones et aux Otros qui occupaient les sous-sols de la planète. La Synth devait les trouver.

Ainsi, avant même que les délégués sortent de salle octogonale, Afsânè avait déjà transmis ses consignes.

Quelques heures après, elles étaient diffusées non seulement dans le système Sol, mais aussi sur Hôdo et jusqu'à Héphaïstos. Tous les Synths qui pouvaient être disponibles revenaient vers Terra.

Afsânè venait de lancer sa nouvelle stratégie. Paradoxe de la situation, c'était les agissements de Kâlî et les discours de 8G qui l'avaient éclairée. Les naissances étaient facilement repérables par les Synths sur le Réseau. Mais cela n'était vrai que pour les honnêtes consommateurs. Ceux qui n'en avaient pas les moyens n'utilisaient plus l'incontournable Toile et donc dès que l'enfant était enregistré, dès qu'il obtenait son allinone qui faisait de lui un citoyen de Terra, voire de Sol, la famille disparaissait à nouveau dans le silence.

L'impératrice ne pensait plus comme dans ses jeunes années qu'elle avait perdu du temps. De toute manière, il aurait fallu commencer à peupler les différentes bases stellaires par des spécialistes. Il eût été difficile d'aller plus vite dans la phase préparatoire. C'était seulement maintenant qu'il pouvait y avoir de vrais colons qui pouvaient trouver de nouvelles raisons de vivre sous d'autres horizons.

Si la pauvreté n'existait pas en Persomésopotamie, de très nombreux hôpitaux gratuits y avaient néanmoins été créés. L'impératrice avait déjà demandé que les traitements médicaux soient administrés sous le contrôle de l'Empire Fédéral afin d'éviter des susceptibilités. Elle demanda encore les services de cet Empire du Milieu élargi pour que tous les nécessiteux soient envoyés dans ses maisons de soins reliées par ses métros à tous les coins de la planète. Elle voulait profiter par la même occasion d'un allié potentiel puisque le Dominant chinois n'appuyait que mollement les décisions de ses confrères. Par contre, elle n'espérait pas trop une alliance avec l'Europe, et elle s'était contentée de dire que ses métropolitains avaient pour but de faciliter les pèlerinages vers les villes saintes du Croissant.

Sur place, le personnel médical qui était en grande partie synth tentait de convaincre les pauvres et leur famille de coloniser de nouveaux mondes, ce qui était bien plus facile avec ce type de population qui n'avaient plus de futur sur leur planète.

Chapitre 15.- Kâlîma

Chercher les pauvres devait empiéter sur le terrain de chasse de la secte de Kâlî, aussi, Claire et Chris, les agents Organos de l'impératrice eurent un grand rôle à jouer.

À force de ruse et de trucages de toutes sortes, le couple, et plus précisément Claire, avait fini par rencontrer la grande prêtresse qui se faisait passer pour la réincarnation de Kâlî.

En fait, Kâlîma, son vrai prénom, était une femme qui s'était jurée d'assouvir une vengeance contre l'humanité, principalement ses Dominants, qui, à l'exception d'Afsâ-nè, la dissidente, étaient tous des mâles. Ces tyrans avaient osé la bafouer et l'écarter du sommet qu'elle avait âprement conquis. Elle était la très efficace représen-tante des Indes et de l'alimentation. Elle pouvait indirecte-ment avoir le droit de vie et de mort sur des popula-tions entières. On pouvait se passer de tout : pas de se nourrir. Et si les grands de ce monde n'avaient pas recon-nu ses talents et son pouvoir, elle serait redoutée.

Mais, le 8G dans lequel il manquait souvent Afsânè et le représentant du Pacifique, n'était pas d'accord avec sa vision du monde. Par exemple, lorsque ce dernier avait décidé que le concept de l'enn, la monnaie énergétique, était une entrave à la consommation, elle avait proposé l'idée que la nourriture pourrait être elle aussi une forme de monnaie. Elle expliqua que l'alimentation était à l'origine le travail essentiel des humains. La remettre à l'honneur pouvait motiver les consommateurs à plus produire, et plus il avait de denrées, plus elle pouvait être troquée contre d'autres biens. De plus, les comestibles devaient circuler vite, car ils n'avaient pas la durée de vie des autres monnaies, métaux précieux, papiers, supports inaltérables... Même si l'idée de se servir de la faim pour faire travailler tout honnête citoyen pour consommer plus ne gênait pas certains, le 8G finit par décider que le troc en soi représentait un moyen anarchique qui risquait d'échapper à tout contrôle.

Au début, les hauts Dominants semblaient se contenter de s'opposer à chaque idée de l'Indienne, mais rapidement, quand celle-ci essaya de développer ses idées, ils finirent par se moquer d'elle jusqu'au moment où elle fut écartée sans ménagement pour accueillir un petit jeunot qui aurait fait ses preuves de manières irréfutables. Le représentant de la Justice et de la Police eut même la cruauté de lui faire comprendre qu'on avait fait gravir à Kâlîma les échelons pour combler un vide et non parce qu'on lui faisait confiance dans son génie. Les blessures en étaient d'autant plus profondes.

Pire, ces intouchables qui siégeaient sur Luna, ne renvoyèrent même pas la femme déchue sur Terra. Ils la laissèrent comme un sac oublié dans les résidences des ambassadeurs et courtisans qui heureusement étaient suffisamment gigantesques pour qu'elle y trouvât un refuge en attendant le moyen de revenir chez elle où elle ne pouvait en aucun cas avouer sa chute.

Personne ne la regrettait. Pour tous, c'était une femme ignoble qui s'était toujours servie des autres sous des aspects maternels prétendument protecteurs. Elle ne laissait jamais transparaître sa méchanceté sauf quand sa « majesté » était prétendument blessée et qu'en manifestant sa désapprobation de femme incomprise, elle tentait d'écraser encore plus ses victimes sous le joug, surtout les hommes qui n'avaient d'autre droit dans la ruche que de servir la reine, elle-même en l'occurrence. L'ancienne Dominante mémorisait tous les points faibles de ses proies potentielles avec une facilité déconcertante. La prédatrice sortait ses dagues empoisonnées au bon moment, frappant au bon endroit, laissant désarmé tout ceux qu'elle méprisait sans jamais offrir la moindre chance de battre en retraite. Jusqu'alors, ses coups n'étaient « que » psychiques.

La veille de son départ, « Kâlî », la déesse, frappa pour la première fois avec une vraie lame. Le jeune Indien fut retrouvé tué, pourtant, l'arme lui avait à peine tailladé la joue. Le poison avait prolongé la mort jusqu'au cerveau de la victime. Ce fut le premier et dernier coup donné par Kâlîma, la Dominante devenue servante de Kâlî.

Depuis, aucun Indien ne survivait longtemps après sa nomination au 8G. Chaque fois, la dague courbe et empoisonnée avait frappé. Avant de devenir l'arme de la déesse de la Mort, c'était celle que préférait les Dominants qui évitaient de faire gicler le sang comme de sanguinaire Yakusa ou de sauvages cyborgs. Cet instrument laissait juste assez de traces pour menacer et inspirer la crainte de l'ombre. Mais cela, seuls les Dominants et leurs espions le savaient, et donc, Claire, Chris et Kâlîma.

Quand l'espionne d'Afsânè rencontra la grande prêtresse ex-Dominante, celle-ci était assez jeune, car elle avait 36 ans, l'âge « officiel » d'Afsânè, cette année-là. Kâlîma se présentait nue, la peau d'ébène complètement ointe d'huiles parfumées. Des verres de contact aux reflets irisés et au pourtour rouge lui donnaient un regard féroce tout en rappelant le grenat qui marquait le troisième oeil. Sa lèvre supérieure était peinte en noir mat, et l'inférieur, en carmin brillant. Un long collier descendait jusqu'au pubis, faisant office de cache-sexe. Il était composé d'osselets finement ciselés comme de l'ivoire qu'elle disait appartenir à des crânes humains.

La plupart du temps, la prêtresse de Kâlî était assise sur un trône bariolé, un pied posé à terre, le second, ramené sur l'autre cuisse, unique parade visuelle devant sa nudité érotique. Sept servantes l'entouraient. L'une, derrière le siège de Kâlîma, portait un long éventail qu'elle agitait périodiquement, et trois autres se tenaient de chaque côté. Toutes étaient armées. Les deux extérieures portaient une sorte d'épée large comme une machette et incurvée comme un cimeterre, celles juste à côté de la prêtresse avaient une petite dague très effilée comme un poinçon et les deux autres, un lourd couteau incurvé vers l'intérieur. De la manière dont les lames étaient portées, il était facile de deviner pour Claire qu'il y avait deux gauchères, deux droitières et deux ambidextres. Celles qui n'avaient que des dagues étaient complètement nues. Leur peau huilée devait les rendre insaisissables. Les quatre autres femmes armées plus lourdement portaient un justaucorps blindé, mais qui était moulé de telle manière qu'elles aussi paraissaient nues.

Le sol de la salle était recouvert de tapis et de coussins. Il n'y avait aucun meuble. Comme il lui avait été recommandé à l'entrée, Claire ne devait regarder que le visage de Kâlîma. Oser porter son regard sur le reste du corps surtout pour un homme eût été presque une condamnation à mort. L'éclairage était de toute manière assez faible et n'était donné que par des bougies noyées dans une légère brume enivrante d'encens.

Bien que les poufs étaient confortables, être accroupi n'était pas la position préférée de la détective qui portait souvent son poids d'une jambe sur l'autre.

Cette dernière s'était habillée conformément à ce qu'elle croyait être le plus en accord avec ce type d'entrevue. Son visage complètement blanc faisait ressortir les lèvres, les cheveux et même l'iris de couleur mauve. Un crayon fuligineux dessinait le contour de la bouche et des yeux pour mieux faire ressortir les expressions. Les cils et sourcils, presque lugubres, laissaient échapper des reflets bleutés de corbeau. Pour l'occasion, Claire s'était acheté une combinaison en cuir noir composée d'un blouson remontant audacieusement la poitrine, de bottes fixées par des jarretelles métallisées par-dessus un short retenu par une ceinture cloutée, le tout recouvert d'une veste de jais négligemment ouverte.

Sans trahir la moindre pensée, Kâlîma lança dans un ton si neutre qu'il était impossible de savoir s'il s'agissait d'un reproche, d'un regret...

— Vous auriez dû venir avec Chris

Claire réprimait tout mouvement qui eut pu révéler ses pensées. D'ailleurs, son savant grimage servait tout aussi bien à cacher ses sentiments qu'à en renforcer l'expression voire à les simuler.

— Je ne me le serais jamais permis sans votre demande, répondit-elle avec une grande courtoisie qui ne devait laisser paraître aucune soumission.

— Craignez-vous pour sa vie ? Sa fidélité ? Ce n'est tout compte fait qu'un coéquipier amant. À moins que... Vous savez, je le connais mieux que vous le pensez. D'ailleurs, je connais tous les hommes mieux qu'eux-mêmes. Si vous m'êtes fidèle, je vous apprendrai ma danse. Aucun mâle n'y résiste.

Elle voulait déstabiliser Claire qui tenta de se raccrocher à un autre sujet.

— Votre danse ?

— Vous voulez déjà en savoir plus, alors que je ne sais même pas si je peux vous accorder ma confiance.

Elle éclata de rire puis continua :

— Je ne crois pas à votre fidélité, mais sait-on jamais ? Si cela peut vous appâter... D'autant plus que je ne vous révélerais en fait rien de bien utile. Vous ignorez probablement la culture de ma terre natale. En fait, personne ne la connaît réellement comme si elle faisait partie de sa propre mythologie, mais qu'importe ! Dans cette mythologie, Kâlî, la déesse noire, chaque fois qu'elle était, disons « énervée », dansait sur Shiva qui s'interposait entre elle et la terre. Délicate attention n'est-ce pas ? Mais Shiva ne vous dit pas plus que Kâlî, n'est-ce pas ? Et Shiva Lingam, ça vous dit quelque chose ? Bien sûr que non. C'est le phallus.

Elle voulait savourer la réaction de Claire, mais celle-ci était passée maître pour ne laisser aucune ombre de pensée glisser sur son visage de marbre et dans son regard perdu loin à l'horizon derrière le troisième oeil de la prêtresse.

— Danser sur Shiva ! Phallus ? Allons, ma chère ! vous voyez bien ce que je veux dire ! Enfin ! Je vois que vous êtes de celles qui ne me débiteront pas des âneries sur le tantrisme. Je préfère l'ignorance à la bêtise. Votre silence ? Vous me craignez... Peut-être vous demandez-vous comment je m'y prends ? À moins que vous vous demandiez comment cela pourrait se passer avec votre Chris. S'il est normalement constitué, il sera incapable de ne pas me combler. Aucun mâle normal ne l'est. Quant aux anormaux comme les violeurs, c'est moi qui les soumets et c'est... ça les guéris, croyez-moi.

Le visage de Kâlîma prit un air diabolique qui aurait pu effarer bien d'autres femmes que Claire.

— Les mâles sont tellement imbus de leur puissance... Et le comble, il y en a qui se prennent pour de vigoureux et irrésistible Casanova. Quelle prétention ! C'est moi qui fais tout le travail et pour peu qu'ils ne se mettent pas à se déconcentrer, je les dresse pour ma propre jouissance, pas pour la leur... presque pas. D'ailleurs, c'est le cas de nous toutes ma chère. C'est nous qui réveillons l'homme, c'est nous qui l'attirons, qui le maintenons sous notre emprise. J'assume ma féminité et ce n'est pas eux qui m'imposeront un voile quelconque si ce n'est pour mieux les exciter, pour mon propre plaisir. Mais, croyez-moi, ils sont plus souvent incompétents et je suis parfois obligée d'avoir plusieurs de ces piètres prestataires pour m'apaiser. Je ne supporte pas la frustration. Je vais toujours au bout de ce que je veux. Vous savez qu'il m'est même arrivé de profiter de l'orgasme final, létal ? Je ne peux pas me permettre de le faire pour tous mes invités, seulement ceux qui me déçoivent ou m'incommodent. Une juste réparation en quelque sorte. Je n'aime pas qu'on me résiste, mais je n'aime pas non plus les soumis et en général tous ceux qui ne m'apportent rien.

La colère semblait s'éteindre. La femme à l'éventail s'agita un peu pour rafraîchir l'atmosphère devenue brûlante. Claire vit un reflet. L'éventail cachait une lance.

— Ne craignez rien pour votre Chris. À moins qu'il ne se prenne pour un foudre de sexe... Mais conseillez-lui quand même de ne pas traîner ses yeux sur moi. Et qu'il s'estime heureux que vous me soyez tous deux bien plus utiles ailleurs. C'est que je vous connais bien plus que vous ne le croyez.

— Vous nous connaissez ? avança prudemment Claire qui voulait savoir ce que cachait cette phrase suspendue.

— Allons, donc ! Ne jouez pas les idiotes ! Je déteste cela ! Mais je suis extrêmement curieuse de découvrir pourquoi je vous retrouve dans mes jambes après que vous ayez travaillé pour le 8G? Je sais que vous êtes des détectives qu'ils avaient engagés. Je vous avais aperçu dans les quartiers résidentiels, ce qui n'est pas la place de petit espion, sauf si ceux-ci méritent un tel respect... ou s'ils sont en train de travailler pour un VIP ou de le surveiller. Comment me suis-je aperçu de votre présence ? Une semaine avant, j'avais tout simplement décidé de vous recruter pour mon compte personnel, et je vous avais donc contacté. Vous m'aviez alors répondu que vous ne vous occupiez que d'une mission à la fois lorsqu'elles étaient importantes et que vous reprendriez contact avec moi au plus tard dans une semaine. J'étais d'accord et je vous attendais. Depuis, c'est bien plus d'une semaine qui s'est écoulée jusqu'à aujourd'hui. J'ai tout débord cru que c'était le 8G qui vous avait chargé de m'espionner... mais vous n'êtes pas les seuls espions de la planète, j'ai les miens, moins experts, mais plus nombreux, et j'appris rapidement que vous étiez devenu des « nones ».

Évidemment, rusés comme vous l'êtes, ce pouvait être un moyen de m'approcher. Mais j'appris que vous étiez vraiment morts, civilement effacé du réseau. Vous êtes rusés, mais pas masochistes pour accomplir votre mission. Alors, votre présence ici m'interpelle.

Le masque de marbre de Claire prit enfin vie, elle aussi était piquée par la curiosité et il valait mieux découvrir le plus tôt possible ce que savait Kâlîma.

— Je dois vous avouer une chose importante, que peu de gens connaissent. Chris et moi sommes amnésiques. Nous ne savons pas ce qui s'est passé lors de notre mort civile. C'est le trou le plus complet. Je n'ai aucun souvenir d'avoir marchandé avec vous. Je ne me rappelle pas vous avoir déjà vu. C'est le hasard, avec l'aide de vos adeptes qui nous a conduits devant vous.

— Je suis disposée à vous croire, car tout concorde, jusqu'à preuve du contraire. Vous savez, je ne suis pas folle même si c'est l'impression que vous avez, que je vous ai donnée. On ne fonde pas une secte par la folie même si celle-ci peut aider. Il faut être très cohérent dans ses idées et les bandits qui m'ont rejoint ne sont que de stupides meurtriers qui font tant bien que mal la basse besogne que je leur dicte. Ce n'est pas facile, car ce sont souvent des crétins. Pas des gens comme vous qui savent effectuer des frappes chirurgicales.

— Vous voulez que nous tuions quelqu'un de précis ? s'étonna Claire.

— J'ai des assassins pour cette besogne. Ces pauvres idiots tueraient tout ce qui bouge pour satisfaire leur folie meurtrière. Non, vous, vous aurez des tâches plus dans vos talents comme celles que j'avais prévues avant que vous ne disparaissiez.

— Et c'était ?

— Vous savez sans aucun doute que j'étais la représentante de l'alimentation dans le 8G. À l'époque, je me do cumentais sur tout ce qui se fait dans le domaine alimentaire. Il se trouve que nous traînons toujours les deux mêmes problèmes endémiques depuis que la terre agricole ou ses fruits appartiennent à des puissants. Les deux mêmes problèmes depuis... des millénaires ? Il n'y a jamais assez de production pour satisfaire l'appétit des uns et la faim des autres. J'avais appris qu'un couple de biologistes travaillaient sur des serres particulières, des serres en orbites. En soi, ce n'était pas nouveau, mais leurs méthodes étaient innovatrices et devaient permettre l'emploi de ces serres dans n'importe quelle condition. J'ignore si leur travail était digne d'intérêt, mais j'avais un oeil sur eux au cas où cela vaudrait la peine de les recruter. L'Empire persomésopotamien les engagea pour des expériences spatiales. (Soit dit au passage, l'impératrice est l'une des rares partisanes, comme moi, à croire à la fin du monde.) Que m'importe pour qui travaillaient ces biologistes tant que j'étais au courant de leurs activités ! Mais voilà ! tout à coup, il n'y eut plus aucune information. Cela a piqué d'autant plus ma curiosité. Il est fréquent et normal de cacher de grandes découvertes à la concurrence. Et mieux c'est caché, et plus cela doit être intéressant. Hélas ! après de patientes recherches, je découvris que c'était les biologistes qui avaient disparu. Cela aussi peut être normal. Si la concurrence découvre leur secret, cela pourrait leur apporter des désagréments divers : perte de crédit, perte de titre honorifique... Là, c'était toute leur famille qui avait disparu. Ce devait être donc vraiment très important, et pourtant, je ne savais rien au sujet d'une éventuelle invention particulière et a fortiori d'une concurrence. Mais toutes les brides de piste me conduisaient invariablement à l'impératrice persomésopotamienne, membre du 8G et responsable de l'énergie, une personne des plus hermétique, prudente et méticuleuse. Elle a pratiquement trop de qualités pour être honnête, d'autant qu'elle semble richissime et relativement très puissante avec des alliances que je qualifierais de contre nature. Ma curiosité en était exacerbée. Il me fallait donc des experts.

Il me fallait des détectives de haut vol et si vous étiez recruté par le 8G, c'est que, soit vous serviez de paravent pour cacher de meilleurs que vous, soit vous étiez les meilleurs.

Je me suis donc renseignée sur vous, mais quand nous avons essayé de vous recontacter pour nous associer, nous avons eu à ce moment-là, vous et moi, quelques soucis avec le 8G. Ils me croient morte et je vous ai cru morts. Ce qu'il y avait à cacher devait être très important...

Elle éclata de rire et continua :

— Ils ont raté leur coup, dirait-on, car nous sommes tous bien vivants !

Son rire se cassa.

— Normalement vivants ou fous ? Vous me dites que vous avez des trous dans votre mémoire. Je vous offre l'occasion de la retrouver et peut-être de nous venger.

— Si je comprends bien, vous me demandez d'espionner l'impératrice persomésopotamienne pour savoir ce que sont devenus les deux biologistes et ainsi découvrir leur secret. En bonus, nous cherchons qui et pourquoi nous avons été éliminés ?

— Quand je disais que vous étiez intelligente. Votre Chris l'est-il autant ? Et puisque j'en parle, je pense que vous aviez compris que votre salaire dans tout cela, à vous deux, était la vie sauve, fit-elle est montrant ses dents blanches en guise de sourire féroce. Elle se leva avec la prestance non d'une reine, mais d'une ex-danseuse étoile effeuilleuse. Elle s'approcha de Claire et lui susurra :

— Quelle maîtrise ! Vous ne montrez ni désappointement, ni réprobation, rien. Bravo ! Je vous admire. Oui ! Moi, prêtresse de Kâlî. Croyez-moi, c'est rare. Je suis sûre que vous êtes proche de moi, philosophiquement parlant. Un peu comme si la vie n'avait plus de valeur pour vous. Du moins plus la valeur que les autres lui attribuent. Vous êtes peut-être comme moi : je suis le témoin impuissant de ma vie. Je ne sais même pas si j'ai réellement choisi ce que je choisis. Si je vous fais une alliée, une esclave, une amie, une ennemie... et vous tue, aurais-je vraiment choisi ? N'allez pas imaginer que je sois assez folle pour croire que c'est la main de la déesse qui m'a guidée. Du moins pas à ce niveau. Je parle de ce que l'on croit être volontaire comme s'il s'agissait d'un libre arbitre. Un choix fait parmi toutes les propositions qui sont offertes devant nos perceptions, et au travers de nos sensations. Dans mon cerveau, des milliers de cellules vont filtrer, pondérer, activer ou inhiber des circuits pour en arriver, même avec un semblant d'incertitude, à un choix qui est la résultante de toutes mes expériences vécues, elles-mêmes influencées par le vécu de milliers d'êtres qui m'ont entourée ou précédée. Alors dans tout ce bruit de connaissances acquises ou induites, voire héritées, j'ai cru choisir de par moi-même. Mais, vraiment, la seule chose qui était moi, c'était la chair qui occupe mon être et qui ne semble faire qu'un par une étrange magie sous la houlette de mes pensées. Et vous, êtes-vous libres ? Faisons semblant ! Accepter vous ma proposition de travailler pour moi.

— Oui.

— Incroyable ! D'autres que vous auraient répondu avec une pointe de fierté, en précisant que c'était leur choix, ou encore, auraient pu dire avec fatalisme « je n'ai pas le choix ». Mais vous, vous répondez sans vous justifier, sans mettre à nu vos pensées et vos sentiments. Vous parlez comme si vous n'en aviez d'ailleurs pas. Vous êtes la mort. Laissez-moi vous proposer, plus que la vie. Vous serez ma plus proche collaboratrice. Vous régnerez sur la mort à mes côtés. Je ne vous demande même pas ce que vous en pensez. C'est comme ça ! Ce n'est pas parce que j'ai soudain confiance en vous, mais votre attitude me plaît et je crois que vous pouvez bien me comprendre. La solitude même pour la déesse de la mort est pénible à supporter. Avez-vous autre chose à ajouter ?

— Même si vous nous payez avec la vie sauve, il nous faut faire des dépenses pour arriver à trouver vos informations.

— Ah ! évidemment. Vous aurez la vie sauve si vous me satisfaites et en attendant vous êtes mon invitée. Je pourvoirai tous vos besoins professionnels ou non. Voulez-vous votre Chris comme partenaire privilégié ? C'est acquis... Vous voyez ! Je ne vous veux que du bien !

Kâlîma claqua des mains. De l'ombre, quelqu'un sortit vêtu d'un long pagne descendant jusqu'au sol, sorte de patchwork de losanges allant du vert fluorescent au bleu céramique. La tête de l'homme, à en juger par la silhouette, était recouverte d'une cagoule formée d'une capuche couvrant amplement les épaules et d'un masque représentant de manière réaliste un crâne bien blanchi.

— Et puis non ! dit-elle en lui faisant signe de retourner d'où il venait. Honneur aux invités de marque. Surtout, quand ils sont rares, ajouta-t-elle. Je vais vous faire le tour du propriétaire, continua-t-elle à l'adresse de Claire. Suivez-moi ! Je pense que je n'aurai pas souvent l'occasion dans le futur d'avoir de la bonne compagnie. En tout cas, cela fait longtemps que je n'en avais plus eu. J'adore dominer. Mais contrairement à beaucoup d'arrivistes, c'est l'art de la domination qui m'intéresse, et cela passe par l'autodomination. Je sais dominer les sentiments que je veux passer et vous, vous savez les dominer pour qu'ils ne passent pas. Vous êtes comme une tombe.

Claire, pour la première fois, se permit un sourire depuis qu'elle se trouvait dans l'antre de la prêtresse.

— Tiens ! c'est quoi cette éclaircie sur votre visage ? observa cette dernière. Qu'ai-je dit qui vous amuse ?

— Quand vous avez parlé de tombe, une idée stupide a traversé mon esprit : je me demandais si une femme zombie pourrait faire une bonne servante de Kâlî.

— Et, en quoi cela mérite votre sourire ? Kâlî enrichit le monde des morts pour les faire renaître dans une autre vie supposée meilleure, pas en zombies.

Claire commençait à regretter sa déconcentration.

— Disons que je me voyais en zombie, cette idée était saugrenue. Mais dites-moi, ai-je bien compris ? Vous rendez service aux gens en les tuant ?

— Pas en tuant n'importe qui. Uniquement les démons. Et dans ce cas, je rends service aux survivants, car ils en sont débarrassés. Quant à ceux qui représentent le mal, je leur donne la chance de renaître.

Claire avait repris son visage imperturbable. Elle n'avait pas de souvenirs d'outre-tombe, mais elle pensait avoir sûrement déjà tué. C'était dans ses fonctions. Elle pensait l'avoir fait pour une bonne cause ou une raison légitime même si ce n'était pas des démons. Mais comment Kâlîma décidait qui était démoniaque ? D'ailleurs que signifiait dans sa bouche ce terme ? Elle n'osa plus poser de question de peur d'agacer son hôte aussi susceptible que méfiant.

Pendant ce temps, elles étaient arrivée dans un large patio aux sculptures volées ou copies du patrimoine indien.

— Voici mes salles de réception. Rarement occupées depuis la mort de mon cher testamentaire. Un brave homme en ce qui me concerne. Grâce à lui, j'ai pu arriver jusqu'au sommet de la hiérarchie planétaire. J'ai su tellement le transporter aux nues grâce à mes talents d'amante. Mais je lui ai toujours laissé croire que c'était un foudre d'amour. Dommage qu'il soit mort si vite après m'avoir couchée... sur son testament. J'hérite maintenant vraiment de ces largesses. C'était le premier démon de ma collection, fit-elle en passant un doigt sur les osselets de son pendentif cache-sexe.

Claire ne put s'empêcher d'admirer les colonnes ciselées de dizaines de niches abritant chacune une « Kâlîma » à peine plus vêtue que l'hôtesse qui vue de dos,
n'avait que quelques osselets au niveau du cou. Cette dernière continua la visite guidée d'un pas chaloupé tout en
expliquant :

Voilà le « salon », la « salle de séjour », appelez cela
comme vous voulez ! dit-elle en arrivant dans une pièce
occupée par le grand bassin rectangulaire d'une fontaine.
À l'écart des éclaboussures de la gerbe d'eau coloriée par
des jeux de lumière, de grands coussins de soie cramoisie
et dorée tapissaient le sol entre des piédestaux surmontés
de statues érotiques.

La prêtresse commenta :

— En face, vous avez ma chambre. Le passage de
gauche conduit au dortoir de mes intimes, proches et
amis. C'est là que se trouveront vos quartiers. À droite, se
trouve la salle à manger et partout autour dans chaque
coulisse, les servitudes.

Les deux femmes arrivèrent dans un petit patio où
s'ouvraient six portes ressemblant à des arbustes aplatis
et au feuillage transformé en vitrail.

— Vous dormez avec Chris ? Qu'importe ! Vous aurez
chacun vos chambres.

Kâlîma conduisit Claire dans une chambre, celle qui
était la plus proche de la sienne et commenta à haute
voix :

— Je verrais bien celle-ci pour Chris et la suivante pour
vous. Mais si vous y tenez, je vous laisserai choisir ce que
vous voulez. Il y a l'embarras du choix et en dehors de
leurs décorations et dispositions toutes les chambres ont
le même confort.

Claire n'aurait su expliquer son intuition, mais il lui
semblait que la prêtresse avait vraiment de la sympathie

à son égard. Elle se risqua à lui poser encore une question.

— Puis-je vous demander encore autre chose au sujet de votre mission ?

— Oui. Appelez-moi Kâlîma. Une faveur que je donne à mes amis et à mes plus chers ennemis.

— Kâlîma, qui sont les démons ? Comment les reconnaissez-vous ?

— Shiva aurait enseigné que toutes nos actions naissent du besoin de notre frustrante finitude. Nous sommes des êtres à jamais incomplets, limités dans le temps plus que dans l'espace, car chaque fraction de seconde à peine vécue est déjà dans le passé. Et si nous pouvions nous rendre compte du fugitif instant présent, nous ne serions déjà plus qu'une mémoire au seuil de la première incertitude de tout ce qu'il nous reste à vivre. Les démons sont ceux qu'ils veulent combler le vide de leur existence en se nourrissant des autres. Il ne s'agit pas du cannibale qui ne mange que la chair d'un être mort, mais des vampires qui élèvent leurs troupeaux d'âmes comme du bétail. Oui, les démons, ce sont des vampires.

— Autrement dit, dans mon langage (qui était en fait celui d'Afsânè, mais qu'elle ne pouvait pas citer), l'homme est vivant ; la vie c'est l'autodétermination ; l'autodétermination c'est la liberté ; et les dominants — car c'est bien eux vos démons, n'est-ce pas — veulent accroître leur liberté en volant celle des autres.

Le visage de Kâlîma se fendit d'un large sourire et sans transition, annonça :

— Passons dans mes appartements, vous verrez, c'est digne d'un maharadjah et pourtant c'est souvent bien vide. Pour venir me rendre visite, vous passerez par là, fit-elle en montrant de loin des corridors discrets qui ne pouvait être vus de la salle à la fontaine. Ma première salle des ablutions est réservée à mes exercices amoureux. Cela ne me dérange pas que vous y passiez quand j'y suis occupée, mais vous risqueriez de troubler mes pauvres proies, même si en fait, tout le monde peut tout voir puisque c'est la salle la plus ouverte au public. Mais n'allez pas penser que je sois une succube… je ne suis pas une démone, fit-elle en affichant un sourire narquois qui changeait de son rire hystérique.

Claire observait discrètement les moindres détails. Rapidement, elle se rendit compte que tout devait être artificiel dans ce décor qui semblait remonter aux lointains passés des maharadjahs. Il s'agissait probablement de copies améliorées cachant une domotique hautement spécialisée qui ne trompait pas l'espionne détective.

— Mes « hommes » n'ont pas le droit d'aller dans mes quartiers intimes, expliqua-t-elle en traversant les pièces de ses appartements privés pour arriver dans la dernière salle, une immense chambre, avec un lit tout au bout qui devait bien faire quatre mètres de côté.

Tout y était géant. Pas un espace de mur, de boiserie, de colonne et même le plafond ne fut point ciselé.

Dans un coin de la pièce, il y avait même la place pour une balançoire. Le gigantisme n'était dépassé que par l'accumulation de mauvais goût. Elle ne savait pas encore si son hôte était une esthète, une snob, une ignare en matière d'art, mais elle était presque sûre que c'était une femme seule.

Chapitre 16.- Les fils d'Ariane

Depuis qu'Afsânè s'intéressait aux pauvres de l'ombre, ceux qui n'étaient pas none, mais qui n'avaient pas les moyens de se servir de leur allinone, le recrutement allait bon train.

La pauvreté n'existait pas dans son empire, ou en tout cas, elle avait mis en place toute une collection de services qui assuraient ce qu'elle considérait comme un minimum pour qu'un humain organique vive décemment. Elle s'était basée sur Hôdo qui était le modèle de référence des Synths. L'information et la santé étaient des éléments indispensables et donc l'utilisation de l'allinone était gratuite dans son empire. Ce n'était pas le cas des autres territoires qui respectaient un libéralisme normalisé à l'échelle mondiale et qui était scrupuleusement contrôlé par le 8G.

Mais, les pauvres d'ailleurs constituaient une majorité silencieuse soumise au principe du rendement écologique, un rendement qui mettait sur la touche les huit dixièmes de la population, celle qui ne réunissait pas toutes les qualités requises pour pouvoir travailler efficacement selon les mesures étiquetées en toute rigueur scientifiquement.

Depuis sa genèse, l'homme s'ingéniait à travailler moins tout en produisant plus. Chaque fois qu'il progressait, il y avait moins de travail pour tous et pourtant la richesse économique du dernier millénaire restait attribuée à la consommation. Il fallait donc d'une part toujours travailler plus pour consommer plus et simultanément travailler moins pour gaspiller moins. Deux solutions extrêmes devaient, depuis longtemps déjà, conduire à un nouveau partage de l'activité : soit peu de gens avaient un emploi, soit tout le monde travaillait peu. C'était la première solution qui avait émergé. Elle perdurait, car elle était la plus adaptée pour le confort des Dominants puisque c'était « propre ». Ce qui expliquait le nombre de non productifs non-consommateurs, à ce point invisibles qu'Afsânè elle-même ne les avait pas remarqués.

Ainsi, cette population qui n'avait rien à perdre était non seulement facilement volontaire pour s'expatrier loin de Terra où il ne voyait plus poindre le moindre espoir d'améliorer leur sort, mais nombreux étaient ceux qui étaient attirés aussi par Ariane.

Les premiers colons étaient en effet désarçonnés par ce monde inhospitalier qui rappelait par bien des égards la Vénus du système Sol. Mais, les suivants apportèrent avec l'énergie du désespoir, l'imagination créatrice pour s'adapter. Eux, ils avaient pensé à la source énergétique illimitée que pouvaient fournir les conduits X2-plasmiques. Aussi ils avaient imaginé d'envelopper les villes d'Ariane de gigantesques bulles d'air. Leur solution était de s'adapter en s'incrustant plutôt que de transformer une planète entière.

Ainsi, chaque ville serait construite avec quatre membranes : la plus interne protégerait la cité des humains composée d'astrolabs, la suivante permettrait d'avoir des ressources alimentaires, la troisième contiendrait des parcs presque naturels et des forêts laissées à l'état sauvage, la dernière logerait la « zone industrielle ». Évidemment, des passages et des sas permettraient de passer d'un endroit à l'autre.

Au départ, les quatre couches seraient individuelles à chaque astrolab. Par la suite, les membranes extérieures seraient fusionnées, puis successivement, les trois intérieures le seraient afin de créer des espaces de plus en plus grands et continus.

Créer de telles sphères était impossible sans l'aide des Synths qui avaient acquis des Jikogus la technologie de la fabrication des tissus quasi organiques. Cette technologie permettait de créer des « peaux » autogénérées à partir de cellules qui avaient des propriétés proches de celle des cellules biologiques, mais, étant synthétiques, elles pouvaient se programmer comme des automates. Un tel projet titanesque requérait la participation de tous et pour la première fois des milliers d'humains se sentaient utiles et plus que concernés : il construisait leur nouveau chez soi.

Les premiers germes de membrane jikogu furent greffés sur la coque extérieure des astrolabs neufs qui venaient se fixer à l'extrémité de l'alignement des modules qui s'étendaient d'est en ouest. L'atmosphère d'Ariane pouvait apporter suffisamment de nutriment à la membrane pour lui permettre une rapide croissance, mais il fallait de l'eau en quantité et les conduits X2-plasmique furent utilisés pour en ramener en grande quantité. Ainsi nourrie, cette peau avait la caractéristique de pouvoir utiliser le dioxyde de carbone par photosynthèse et de produire de l'oxygène qui était rejeté vers l'intérieur de la bulle. De plus, les pluies acides renforçaient la peau synthétique.

Dès que les premiers l'astrolab furent complètement recouvertes par la membrane, une incision fut pratiquée dans la partie qui était sous la coque du module et la peau était en quelque sorte marcottée dans le sol pour se développer autour du module adjacent dans la chaîne des habitations. En même temps, les Synths programmèrent une nouvelle forme de membrane qui devait se superposer sur la précédente afin de créer les couches successives.

En répétant l'opération, ils arrivèrent à obtenir les quatre membranes protectrices qui recréeraient les habitats de Terra dans de gigantesques « boules à neige » dans lesquelles les Arianais pourraient fouler le sol indigène sans tenue de survie.

Les astrolabs d'Ariane étaient fixés les uns aux autres, bout à bout, formant la colonne vertébrale de la ville. Cette structure sécuritaire devait rester en place aussi longtemps que l'environnement serait potentiellement dangereux, peut-être toujours...

Pour l'instant, l'unique « ville » arianaise se développait sur le parallèle le plus « tempéré » du continent Nord. Par la suite, le même type de ville serait construit dans le sud, lorsque la première cité sera un anneau complet mesurant quelque 20 000 km. La ville annulaire était sectionnée en quartiers, constitués de huit astrolabs à la queue leu leu. Entre chaque quartier, un module servait d'échangeur entre l'extérieur et le quartier adjacent. Cette mesure était prise pour limiter les propagations d'accidents. Il en fut de même avec les deux bulles protectrices internes qui agissaient comme des caissons isolables.

Chaque astrolab avait sa peau protectrice et chaque quartier, son plan d'eau. Cette zone fut inondée et enrichie en algues pour accélérer le processus de création d'oxygène.

Les colons qui continuaient à s'entasser dans la partie inférieure des modules avaient maintenant l'impression de se trouver à bord d'un sous-marin examinant le fond marin d'une mer calme.

Chaque changement apportait son lot d'idées pour améliorer le confort de la planète. Ainsi, la surface inondée se remplissait de plus en plus de plantes diverses, mais aussi de coraux et de poissons comestibles ou, tout simplement, jolis.

Mais l'adaptation la plus importante, plus que celle d'Ariane proprement dite, fut celle de colons. Vivre entassés les uns sur les autres posait beaucoup de problèmes, mais les Synths proposèrent leur neutralité et leur sérénité aux habitants pour les aider à surmonter les conflits qui surgissaient immanquablement. Ainsi, les Arianais adoptèrent les anges gardiens comme le faisaient les Hôdons, et pour compléter l'imitation de leurs modèles, ils adoptèrent aussi les Otros, qui s'avéraient être des compagnons très efficaces pour intervenir là les Organos ne le pouvaient.

Ainsi, Ariane était devenue une planète défendant les mêmes idéaux et la même charte que Hôdo alors même que la jeune commandante hôdonne avait initialement envisagé d'en faire une Terre d'accueil pour ceux qui n'acceptaient pas leurs concepts. Seuls quelques un se rendirent compte que c'était encore un miracle des Synths.

Leur neutralité permettait de désamorcer souvent la plupart du temps les tensions. L'exemple fait toujours tache d'huile, car l'intelligence s'évertue à copier ce qu'elle juge « rentable », ainsi les traditions des Organos se modifiaient sensiblement, faisant du respect d'autrui l'axe autour duquel s'articulait tout le savoir-vivre des fils d'Ariane. C'était indispensable lorsque les gens vivent dans des espaces exigus et inconfortables de surcroît, dépendant de l'aide des autres, avec en permanence le risque d'une catastrophe impossible à prévoir dans cet univers étrange et mal connu. Le respect ne se limitait pas au physique ou à l'environnement. Celui de l'intelligence imposait de reconnaître l'existence d'émotions chez l'autre et donc développait la compassion. À force, la discrétion des émotions était devenue un art qui montrait la raffinerie des moeurs. Certes, l'ataraxie était un art difficile à maîtriser même pour les moines qui la cultive, mais à défaut, l'humilité était de rigueur. Grâce à ce comportement, une bonne part des dominations était tempérée ce qui rendait la cohabitation moins tendue. Pourtant, la modestie ne devait pas être un prétexte à la désinformation, et il ne pouvait s'agir d'une hypocrisie de joueur de poker qui cache ses cartes, car la vérité est une forme aussi de respect. À l'inverse, être fièrement « nature », prétentieusement sans fard, n'était pas nécessairement mieux. Parfois, il fallait savoir mettre ses idées en sommeil pour les présenter au bon moment avec les bonnes formes, afin que celui qui était censé recevoir l'information ne fût pas acculé dans des contradictions qui lui étaient pénibles à résoudre. Le respect, c'était aussi et surtout la confiance en l'autre. Il s'en suivait que la loyauté en la parole donnée venait renforcer les contrats. Paradoxalement, il n'y avait pas de charte dans le style des Droits de l'Humain puisque le droit d'autrui primait toute revendication égoïste de manière complètement symétrique. Dans ce cas, édicter des règles n'était pas nécessaire, car chaque situation se résolvait au cas par cas. La justice arianaise consistait alors à rester cohérent dans un environnement donné, et pas à rendre la pareille à tout prix, car son objectif n'était pas des problèmes d'équité, mais d'équilibre. Or l'harmonie, c'est l'art du funambule, c'est l'incertitude débarrassée d'entraves qui permet de danser librement sur la corde raide qui relie la naissance à la mort, cet équilibre statique où l'acrobate ne tombera plus, sauf en poussière dans un univers qui n'est jamais statique, dans une vérité renouvelée à chaque pulsation...

Mais malgré ces vertus civiques, l'humain n'était pas un Synth et il pouvait être soumis à des pressions imprévues et insupportables. L'agressivité prend le dessus sur toutes les formes de civilité s'il ne peut fuir la source de désagréments. La fuite permet non seulement d'éviter les nuisances d'autrui, elle sert aussi à éviter que sa propre hostilité ne fasse pas de dégât. Les synths, qui apportaient leur concours en tout ce qui concernait l'informatique, la téléportation et l'énergie mirent en place dans les lits-sarcophages les mondes virtuels qui permettaient à tout Arianais de s'y retirer. Ce n'était qu'une retraite provisoire, chronométrée au cours de laquelle un Synth participait pour être prêt à intervenir au moindre accident.

Mais, souvent, le meilleur moyen pour fuir les inconvénients de la cohabitation était dans l'amélioration de l'habitat. À peine la troisième membrane hermétiquement close et suffisamment large et remplie d'air, que nombre de colons commencèrent à ensemencer les terres vierges d'Ariane. Il y avait toute sorte de plantes selon les goûts de chacun, et cela allait des champignons aux arbres qui seraient des géants des années plus tard. Beaucoup de plants ne germèrent pas ou mouraient, mais à chaque fois les Arianais essayaient de découvrir les causes et les parades. La passion de créer leur propre monde les motivait bien plus, quitte à vaincre l'impossible, que de courir sans fin à la consommation de bien.

Les peaux de Jikogu pouvaient facilement faire des parois isolantes ou plus ou moins filtrantes en lumière, humidité, température... aussi des serres furent créées pour les végétaux qui requéraient des climats plus spécifiques. Ces membranes pouvaient facilement soit emmagasiner la chaleur soit au contraire la réfléchir et la diffuser et il était même possible de les programmer pour moduler l'éclairage par opacité ou par bioluminescence.

Peu à peu, dès que l'espace était assez grand et verdoyant, les premiers animaux et insectes domestiques furent introduits. Le monde qu'avait imaginé Afsânè devenait réalité... grâce à Kâlîma qui indirectement lui avait fait découvrir une autre frange de Terriens, des Organos pourtant.

Chapitre 17.- Mélange

— Présentez-moi votre talentueuse nouvelle coéquipière. Comment s'appelle-t-elle déjà ? Orange ?

— Mélange, rectifia Claire.

— Drôle de nom ! un pseudo ? demanda Kâlîma à Claire comme si la femme n'était pas présente.

— Un diminutif, son nom est Mélinda-Ange.

— Ah ? Je croyais que c'était une allusion à un métissage.

— Ça l'est aussi, je crois. Un surnom fabriqué dans les souterrains comme c'est fréquent dans ce monde là.

— Et quels sont les talents d'un tel mélange, pour que vous lui concédiez un intérêt particulier ?

— Elle est surdouée en espionnage informatique.

Kâlîma la jaugea. Pour Claire, c'était un test important. Mélange avait la couleur du miel. La peau, l'iris, les longs cheveux frisés n'en étaient que nuances plus ou moins foncées, plus ou moins dorées. Seules variantes, les lèvres étaient bordeaux.

— Bien ! Chris, la connaît-elle ?

Claire dessina un large sourire complice.

— Elle n'est pas votre concurrente, du moins tant qu'on ne les enferme pas tous les deux dans une petite cellule.

— Je n'ai pas l'intention, du moins pour l'instant, de les enterrer ensemble, susurra-t-elle en plissant les yeux, satisfaite de son humour chaque fois qu'il jouait avec la mort. Néanmoins, que dirions-nous si elle occupait le quartier des serviteurs de l'autre côté ? Ce n'est pas votre amie que je sache. Ce n'est pas mon invitée d'honneur comme vous deux. Alors je l'engage et elle sera logée à l'autre extrémité. Quand Chris sera dans nos murs, c'est vous qui irez la voir et quand il sera en mission elle aura le droit de venir vous voir. Est-ce que cet arrangement vous convient ?

— Parfait Kâlîma.

Claire n'avait jamais compris pourquoi sa patronne protégeait autant le « couple » comme si elle fut jalousement amoureuse de Chris. Avait-elle succombé à la légende de Roméo et Juliette ? Ou le fait de savoir qu'ils avaient partagé leur dernier souffle de chaleur dans une chambre mortuaire froide inspirait la prêtresse de la Mort ?

— Bon, et bien, maintenant que vous faites partie de ma famille, Claire, débrouillez-vous avec elle ! Montrez-lui où elle résidera.

— Une suggestion ?

— Aucune.

Claire n'insista pas, et aussitôt alla choisir la chambre la plus éloignée du temple.

— Voici Mélange, ta chambre. Comme tu peux le constater, il n'y a aucune autre issue que le chemin que nous venons d'emprunter. Tes fenêtres ont la forme de fleurs, mais les trous déjà très petits ont des bords trop irréguliers pour laisser passer le bras. La structure de cette dentelle fragile d'apparence est à l'épreuve des béliers et des explosifs.

Tu es parfaitement libre dans ces quartiers-ci. Partout ailleurs, tu dois demander la permission aux gardes de passer même pour me voir ou pour sortir hors du temple. Jamais tu n'essayeras de voir Kâlîma ! Et tu n'iras jamais dans aucun de ses quartiers ! Et si par hasard, tu la rencontrais, ne te cache pas, jamais, mais agenouille-toi, baisse les yeux et tais-toi tant qu'elle ne t'a pas donné l'autorisation de lui parler et éventuellement de la regarder.

Claire examina des pieds à la tête Mélange.

— Comment te sens-tu ?

— Bien ! Vous m'avez trouvée comment ? J'ai préféré me taire. Croyez-vous qu'elle m'acceptera ? Ma tenue était-elle assez discrète ?

— Tout était bien, répondit tout aussi laconiquement Claire, qui ne s'intéressait qu'à la dernière question, un message pour indiquer qu'il n'y avait aucun système de surveillance ni « espion » électroniques dans la pièce.

— Kâlîma n'est pas dangereuse pour toi, continua Claire qui savait maintenant qu'elle pouvait parler franchement. Mais je te recommande encore une fois la plus grande prudence avec les mâles. Elle prend parfois un malin plaisir à les exciter sans assouvir leur appétit, et certains de ces hommes se transforment en bête de rut prêt à fondre sur n'importe quelle servante traînant dans les quartiers de service. Ne fais jamais confiance aux gardiens, laisse toujours visibles au moins deux de tes lames, et n'oublie pas que ceux qui veulent te violer doivent être tués avec la dague.

— Ce ne sera pas facile... Ce me sera peut-être même impossible même si vous me dites que c'est pour une bonne cause et que ce serait bien même pour Af...

— Suffit ! coupa Claire. Jamais ici. Sauf si Kâlîma en parle.

— J'ignorais...

— Maintenant, tu sais. La dague, j'insiste... Et n'essaie pas d'utiliser ta force, cela paraîtrait suspect.

— Hé ! fit Mélange avec un clin d'oeil, c'est pour cela que j'ai toujours la main gauche enveloppée du mouchoir sacrificiel, prêt à étrangler, répondit-elle en levant le bras. Ainsi, si je donnais accidentellement un coup avec cette main, tout le monde croirait que j'ai triché en utilisant un gant de boxe camouflé et alourdi par de la limaille de plomb. Puis, si on me demande pourquoi je n'ai pas tué, je répondrai : « c'est pour préserver le personnel de Kâlîma. »

— Et la main droite ?

— Voyons ! Vous ne croyez tout de même pas que je l'aurais bousculé « accidentellement ». La main droite ne se « trompera » jamais.

— Tu as réponse à tout, n'est-ce pas ? Je t'envie.

Mais au fond, Claire ne jalousait rien chez sa jeune recrue, au contraire, elle doutait franchement qu'elle fît l'affaire. Quelle idée d'avoir voulu faire d'une Synth une espionne ! Afsânè avait vraiment de drôles idées.

— Oh ! Mais, j'ai dû réfléchir avant. Vous m'en aviez déjà parlé, mais... vous savez que nous ne tuons pas. C'est incontournable... Il fallait que je trouve des solutions avant de commencer ma mission.

— Alors ce sera peut-être à moi de protéger.

— Ah, non ! je n'y tiens pas ! Nous n'acceptons pas les meurtres par procuration.

Sachant qu'il était inutile de continuer sur ce sujet, Claire lui tendit un sac de vêtements qui devait remplacer son patchwork de mendigote qui, sans mettre en relief son galbe, dévoilait néanmoins un peu trop la finesse de ses membres bien conservés pour une SDF, preuve, s'il en fallait, qu'elle s'en était tirée pas trop mal jusqu'à présent.

— N'oublie jamais de te revêtir de l'uniforme d'espion que je t'ai apporté, même quand tu dors.

— Vous m'avez donné une combinaison protectrice de combat ? S'étonna Mélange en sortant du sac une tenue noire.

— Aurais-tu oublié que tu es chétive ?

Mélange fit une moue parfaite de femme contrariée. Claire admira le talent de la Synth qui enfila sa combinaison comme une adolescente qui obéit à contrecœur. Elle ne put s'empêcher de l'encourager comme telle :

— Tu n'as qu'à imaginer que c'est un catsuit.

— Voyons, comme si j'avais besoin de porter sur ma peau une autre prétendument plus sexy.

Claire un peu surprise par la réplique de Mélange prit un ton de réprimande :

— Tu es une Organos, ne l'oublie pas ! Bien, et çà ? demanda-t-elle en pointant le sac ouvert.

— c'est tout ton équipement d'une vraie fille de l'ombre. Je ne veux pas que tes coquetteries attirent trop les regards.

Mélange fouilla dans le sac en demandant :

— J'ai combien de vêtements ?

— Juste une paire de combinaisons et d'uniformes. Tu ne porteras tes frusques que lorsque tu dois sortir.

Mélange passa sur sa fine armure moulante d'un noir mat, l'uniforme composé d'une robe culotte, d'un gilet à col haut et renforcé, et aux manches doublées et rembourrées au niveau des poignets. Dessus elle passa un tablier protecteur et s'apprêta à prendre le passe-montagne. Claire l'interrompit.

— Pour ici, j'ai mieux pour dissuader d'éventuels admirateurs de ton délicat visage. Ceci, dit-elle est sortant du sac un masque, celui des serviteurs de haut rang de Kâlîma, ceux qui avaient l'insigne honneur de porter la tête de mort. C'est la mienne, mais comme je suis son bras droit et même son amie, je pense avoir le droit de te la « prêter ». De toute manière, elle comprendrait mon geste, car elle n'aime pas gâcher des ressources humaines.

— Et je serai toujours obligée de porter cette horreur ?

— Uniquement dans ce quartier. Je n'ai pas confiance à la population locale.

Afsânè le lui avait pourtant dit, mais elle n'arrivait toujours pas à s'y faire. Mélange, qui était son vrai nom de Synth, était le dernier modèle, le plus réussi et le plus proche des Organos. Toutes les mimiques, toutes les expressions gestuelles ou textuelles étaient présentes dans ce petit bout femme synth. Sauf les marques d'agressivité comme la colère ou simplement la défiance qui étaient absentes de sa programmation. Mieux, ces comportements étaient automatisés et répondaient comme des réflexes. Elle n'était pas obligée de faire l'effort de les rappeler. Si dans une certaine circonstance elle devait pleurer parce qu'une Organos l'aurait fait, ses larmes lui seraient spontanément montées aux yeux, même si elles ne se contentaient que de mouiller le regard. Les Synths qui ressentaient la douleur quand un de leurs organes était abîmé pouvaient maintenant avec le modèle de Mélange réellement pleurer et geindre, ce qui changeait beaucoup de leur habitude à dire froidement « j'ai mal ».

— Je vais devoir maintenant te mettre à l'épreuve comme je te l'avais annoncé. Il est encore temps pour que tu renonces. Je sais combien c'est dur pour toi cette prison loin de ton ordinateur central.

— J'irai jusqu'au bout ! Répondit la Synth avec un brin de bravade dans le ton.

Ne serait-ce pas un peu exagéré, le style Organos ? se demanda, in petto Claire.

— Bien, continua-t-elle, à toi donc de jouer ! Je te laisse ici. Je retourne dans mes appartements, j'appellerai une cuisinière quand je serai prête, ce sera le signal de départ. À ce moment-là, tu devras venir me trouver si possible sans que personne ne te voie. Ça va ?

Mélange hocha gravement la tête sans dire un mot. Dès que Claire eut tourné les talons, la Synth se dirigea calmement vers la fenêtre. Il n'était pas possible d'y passer le bras, mais les doigts de la main, oui. Elle sourit en agitant ses petites phalanges dehors. Puis, satisfaite de sentir qu'elle pouvait au moins sortir l'index et le majeur à l'air libre, elle se mit à examiner minutieusement le reste de la chambre en attendant le signal de Claire.

Dès que Mélange l'entendit à l'interphone, sans perdre de temps, elle se rendit dans les cuisines et, sans gêne, demanda de qui venait l'appel. Un moment interloqué par question et l'uniforme de grand espion, le cuisinier qui reçut la commande répondit avec une pointe d'angoisse que c'était pour la vice prêtresse.

— Vous avez déjà envoyé quelqu'un ?

— Non ! j'allais chercher une servante.

— Bien, dans ce cas je m'en charge. Dites-moi ce que je dois faire.

Le cuisinier lui expliqua qu'il fallait apporter des boissons et des friandises, ensuite prendre la commande s'il y en avait une, la ramener aux cuisines et y rapporter tous les plats successifs jusqu'au dernier.

— Donnez-moi ces boissons et friandises !

— Pour Dame Claire, voici ! fit-il, en présentant un plateau chargé de trois cruches finement ciselées de tailles différentes dont l'une, la plus grande, contenait de l'eau légèrement parfumée. Avec les deux coupes de friandises, l'une salée et l'autre sucrée, il fallait une certaine dextérité pour transporter ces encas, mais ce n'était pas un problème pour la Synth.

— Si je puis me permettre, vous devriez changer de tenue. Ce n'est pas très seyant pour une servante.

— Je ne peux ôter mon masque.

— Ce n'est pas de cela que je voulais parler. Qui oserait vous demander d'enlever l'une des plus hautes distinctions de Kâlî ? Non, il s'agit de votre uniforme de maître-espion. C'est sinistre pour apporter l'apéritif. À moins que... dame Claire... aurait-elle déplu ?

Mélange qui ne perçut point la curiosité du cuisinier désireux d'en savoir plus sur une éventuelle disgrâce de Claire, et répondit simplement :

— Je suis son maître-espion. Je suis à son service. Mais si cela vous fait plaisir, passer moi votre tenue. Un espion doit pouvoir jouer tous les rôles, n'est-ce pas ? Tant que vous ne connaîtrez pas mon visage, ni ma voix...

Et ce fut au tour du cuisinier de se méprendre sur les paroles de Mélange. Effaré de savoir qu'un espion surveillait les lieux, il s'empressa de lui être le plus agréable possible et s'apprêtait à aller chercher lui même les vêtements de serveuse au lieu de l'envoyer se débrouiller comme il l'aurait fait, quitte à la suivre si c'était une jolie femme, c'est-à-dire toujours dans ces recoins fastueux qui semblaient ne pas héberger que la Mort.

Il demanda :

— Quel modèle préférez-vous « mini » ou « maxi » ?

Mélange n'avait pas la moindre idée de ce que cela signifiait. Mais elle avait profité des progrès continus des Synths, de l'héritage de la famille impériale et de celle des plus réputés cogniticiens de Hôdo. Elle toisa l'homme et montrant d'un geste sa tenue d'espion elle lui lança.

— Vous m'avez bien vue ?

L'homme rougit et bégaya :

— Pardonnez-moi ! Je ne pensais pas à mal, je croyais qu'une espionne pouvait être mignonne...

Toujours en répondant complètement à l'aveuglette, Mélange rétorqua :

— Avec cette cagoule sur le visage ?

— Kâlîma...

— Je ne suis pas digne d'être Kâlîma !

— Bien sûr, bien sûr, je ne voulais pas vous offenser ni l'une ni l'autre. Je m'empresse d'aller vous chercher la tenue maxi, la plus sobre, celle que nous réservons aux grands dignitaires de ce monde... bien qu'aucun...

— Et vous n'en avez pas du tout pour Kâlîma elle-même, ni pour ses amis ?

— Non, on ne nous en a jamais...

— C'est grave cela. Qui s'occupe de ces détails ici ?

— L'intendant...

— Qu'importe, vous allez sur le champ me chercher deux tenues, une de chaque, celles que vous jugerez adéquates et je me souviendrai de vous en bien. Et faite vite, je suis pressée.

Ces Organos sont incroyables, pensa-t-elle. Ils ont une étonnante tendance à extrapoler et à interpréter des informations les plus incomplètes... Elle n'avait pas la moindre idée de ce que voulaient dire mini et maxi et en parlant par sous-entendus comme si elle savait quelque chose, elle avait obtenu les informations qu'elle voulait sans les avoir demandées.

Quand Mélange se présenta avec son plat de friandises et de boissons, Claire dut admettre que Mélange était douée.

— Tu n'as pas fait ce que j'avais demandé, gronda Claire.

— J'ai fait mieux, répliqua calmement Mélange. Je devais venir ici en moins d'une heure et sans que personne ne trouve cela suspect. L'uniforme de grand espion est plus voyant que celui d'une serveuse dans un endroit où on s'attend à voir des serveuses et à ne pas voir d'espions qui, d'ailleurs, ne devraient être vus de personne.

Claire soupira. Mélange avait raison et elle l'avait sous-estimée. C'était en fait la raison de sa gronderie : elle ne voulait pas avouer qu'elle s'était très bien comportée... pour une gyno.

— Bon ! Passons ! Le test n'est pas terminé. Maintenant, tu vas transmettre ce mot à Chris, et tu vas dire à Afsânè que tu es venue ici comme une soubrette. Vu ? J'attendrai leurs réponses qui viendront probablement par ton intermédiaire.

— D'accord. Et pour le reste du service ? répondit-elle en prenant le mot que lui passait Claire.

— Service ?

— Vous avez fait appel aux cuisines pour qu'on vous serve. Je vous ai apporté rafraîchissement et en-cas. Que voulez-vous maintenant ? Un repas ?

— C'est que...

— Qu'auriez-vous dit à la soubrette ? Car vous lui auriez dit quelque chose si je n'avais pas pris son rôle et si j'étais venue en uniforme.

— Ça va, ça va ! J'ai soif ! J'ai toujours soif... donc si tu dois, revenir prends plus de boisson. Et moins de sucreries...

Mélange retourna aux cuisines où le chef l'attendait. Elle lui expliqua que sa maîtresse avait été très satisfaite et qu'elle voulait que ses serviteurs lui apportent de la boisson toutes les deux heures, car elle avait été victime d'une maladie qui lui donnait souvent soif.

— Toutes les deux heures ? N'est-ce pas un peu beaucoup s'étonna le cuisinier.

— Elle aime que son eau soit fraîche, et que les parfums soient variés. Sinon elle se lasse vite.

— Bien ! Il sera fait selon ses désirs.

Mélange retourna dans sa chambre. Après avoir jeté un coup d'oeil dans sa chambre pour s'assurer qu'elle était toujours en sécurité et qu'aucun système de surveillance n'avait été placé à son insu pendant son absence, elle changea de vêtement et remit ceux d'espion comme le lui avait conseillé Claire pour impressionner et écarter tout intrus....

Ensuite, elle se rapprocha de la fenêtre et sortit les trois grands doigts d'une main dehors et de l'autre, examina attentivement la note que lui avait donnée Claire. Si cette dernière avait su à quel point le test qu'elle avait élaboré était d'une telle simplicité pour une Synth « préparée » pour la mission... La réponse d'Afsânè vint plus rapidement que celle de Chris et pourtant l'impératrice était loin, très loin, car elle était partie sur Ariane où elle était l'invitée d'honneur.

Chapitre 18.- Le monde sous cloche.

Afsânè fut satisfaite de constater qu'Ariane devint la principale planète d'accueil, et tout cela grâce à Kâlîma qui avait révélé une facette oubliée de Terra. Il n'était plus impossible de coloniser ce vaste territoire proche de Hôdo. Plus tard, il serait même envisageable de mettre en orbite des miroirs et des capteurs d'énergie solaire pour transformer les flux d'énergie atmosphérique et atténuer l'effet de serre sur toute la planète. Il en était ainsi souvent avec les projets complexes, une période de latence devait laisser mûrir les idées, un repos était indispensable pour trouver de nouvelles solutions, de nouvelles réponses.

En attendant, il était devenu possible d'accélérer le processus d'hébergement. En effet, dès que les bulles contenaient assez d'oxygène, des habitations furent construites à base d'adobes et d'autres éléments récupérés dans les astrolabs. Il était ainsi possible d'y héberger plus de colons avec moins de modules spatiaux, et c'était dans l'une de ces constructions que l'impératrice fut invitée pour rendre visite à la colonie. Ce fut la première fois qu'elle se rendit sur l'une d'elles et elle savait qu'elle devrait désormais se rendre sur les autres mondes maintenant pour ne pas provoquer de jalousie, car pour beaucoup de colons, c'était « leur » impératrice.

Comme il n'y avait pas encore beaucoup de place dans les bulles les maisonnettes furent adossées aux astrolabs, et celle de l'invitée d'honneur à la jonction de deux unités, là où les membranes se resserraient pour former des séparations de sécurités, car cet endroit offrait l'avantage d'être accolé à une écoutille, permettant ainsi une évacuation rapide d'Afsânè à la moindre alerte.

L'habitation de l'impératrice eût pu paraître ridiculement petite pour quelqu'un de son rang, pourtant elle était incroyablement luxueuse pour les Arianais qui ne pouvaient vivre que les uns sur les autres. Le fait d'être logé hors de l'astrolab offrait à Afsânè un bien très précieux pour les autochtones : l'intimité. Aussi, lorsque l'impératrice reçut l'invitation, la Synth ne pouvait avoir l'indélicatesse de rejeter sous aucun prétexte ce qui était une marque de grande reconnaissance pour la majesté de tous les émigrants de Terra.

Ariane n'avait rien de joli à visiter à cause de son atmosphère dense et de son sol perpétuellement balayé par des vents torrides et des pluies parfois acides en dehors des cloches de survie. Le soleil ne transparaissait presque jamais au travers de la brume permanente et les anneaux de la planète ne laissaient qu'une vague lueur dans les nuits apparemment paisibles à l'abri des bulles protectrices. Les paysages terriens, forêts, parcs, jardins... n'étaient pas encore bien épanouis même si déjà ils étaient prometteurs. Pourtant, elle décida de rester toute une semaine à la fois pour faire honneur aux colons et pour s'imprégner de leur mode de vie.

La visite de ce monde avait convaincu Afsânè que le moment était venu de transporter des usines entières pour fabriquer les habitations sur Ariane, ainsi il devenait possible d'envoyer encore plus de colons. Toutes les infrastructures avaient déjà été préparées sur Luna en vue de cette éventualité puis mise en orbite autour de Saturne. Elle pouvait donc commencer les transferts tout de suite.

La construction des astrolabs et l'envoi d'usine risquaient de prendre beaucoup de temps et provoquer un engorgement. Or, le nombre de colons volontaires était arrivé à un optimum, tout astrolab terminé pouvait être envoyé avec son plein de chargement de colons, mais, si le nombre de partants augmentait et s'il fallait envoyer d'autres structures comme des usines dans lesquelles on ne pouvait loger que peu de voyageurs, il fallait trouver une autre technique, et cette dernière était apparue à Afsânè dans la propre cabane arianaise. Celle-ci était faite d'éléments locaux, de pièces d'astrolab et de membrane biosynthétique. Cette peau qui était au sommet de la biotechnologie de l'antique civilisation de Jikogu offrait toute une série d'avantages autres que celui de faire des peaux à l'aspect humain pour les Synths. Elle servait principalement pour confinement atmosphérique et elle pouvait être utilisée pour la traversée du conduit x2pasmique. Il n'était pas nécessaire de protéger les colons dans une structure solide et rigide telle qu'un astrolab, car les voyageurs ne traversaient pas l'espace, et si un accident avait lieu pendant le transfert il était de toute manière quasi improbable qu'ils survivent. Dans l'hypothèse tout aussi rare de survivre comme des Robinson, il était pratiquement impossible qu'ils soient retrouvés dans l'immensité de l'espace-temps parcouru au cours du voyage.

L'arrivée et le départ des voyageurs seraient facilités, et s'avéraient même plus efficaces, si les colons étaient enfermés dans une enveloppe souple qui prendrait facilement place à l'intérieur de l'enceinte protégée de portails. Au préalable, chaque passager serait enveloppé dans une membrane semblable à un cocon dans lequel il était maintenu en stase. Pendant ce temps, l'envoi d'astrolab continuait à être maintenu pour Poséidon et Héphaïstos qui continuait à attirer des volontaires.

Dans un premier temps, les transferts de matériel à destination d'Ariane contenaient principalement des excavatrices pour aménager les souterrains à l'identique des forges de Luna.

Au fur et à mesure que son sous-sol était creusé, les ateliers des astrolabs y prenaient place et l'espace libéré hébergeait de nouvelles familles. Chaque nouvelle solution apportait son lot de nouveaux problèmes à élucider. L'évacuation des déblais posait un énorme problème, car il y en avait trop. De plus, ils étaient trop peu utiles à la construction de bâtiments. Il fallait donc les rejeter dehors. Des cheminées d'évacuations furent donc fabriquées entre les sous-terrain et la surface, à l'extérieur des quatre membranes protectrices. Mais, dans ce cas, il fallait des sas... plus la cité se développait, plus de nouveaux besoins apparaissaient...

Le confort sur Ariane devrait encore attendre.

Chapitre 19.- Les dessous du temple

Qu'Afsânè fut loin n'eût pas étonné Claire, car elle connaissait les conduits x2-palsmiques qui reliaient les planètes entre elles. Mais ce qu'elle ignorait totalement c'est que le palais de Kâlîma était entouré de relais qui transmettaient les messages de la Synth vers l'un des ordinateurs disséminés dans l'espace ou les sous-sols de Terra. Ce qu'elle ignorait, c'est que Mélange communiquait avec ce réseau uniquement en tendant ses doigts par la fenêtre. Ainsi, la Synth n'avait qu'à lire le billet de Claire pour Chris, et « penser » le compte-rendu adressé à l'impératrice Afsânè, pour que les deux messages soient envoyés à leur destinataire. Même si Kâlîma ne voulait pas se servir du Réseau, il était omniprésent comme les conduites de chaleur, les canalisations d'eau et de carburant.

Ce n'était pas pour rien que les 8G s'étaient établis sur la Lune. Ce n'était pas qu'un symbole plus que visible pour afficher l'omniprésence du consortium bienfaiteur et protecteur au dessus de toutes les têtes de la plèbe terrienne. C'était surtout parce que le sous-sol lunaire n'était pas traversé en tous sens de tunnels, de canalisations et de câblage. Mais cette résidence de luxe ne plaisait pas nécessairement aux puissants du 8G qui préféraient leur Terre. Il en était ainsi avec le feu mari de Kâlîma.

Son temple était un à l'emplacement d'un vrai. La prêtresse prétendait que c'était celui de Kâlî avant la libéralisation des patrimoines culturels et que c'était un signe de la déesse si c'était elle qui occupait les lieux sacrés qui avaient été petit à petit encerclés plus efficacement par l'urbanisation que par la végétation luxuriante. Et la ville engendrait dans son sous-sol ses « racines », strates de construction qui pouvaient s'étendre loin dans les profondeurs. La normalisation avait contraint les services de l'acheminement à gérer des galeries réunissant tous les services : apport d'énergie, canalisations, transport d'information, de personnes et même de matériel volumineux lorsque les canaux étaient assez grands pour des péniches.

La cherté de l'espace avait vu se construire le long de ses galeries des entrepôts, puis des ateliers. Petit à petit, les commerces puis les habitations se disputaient les souterrains. Ces constructions finirent même par s'étendre au-delà des limites de la ville en surface. La cité de l'ombre avait aussi sa hiérarchie économico-sociale : les plus aisés s'agglutinaient autour des stations de métro, alors que les plus pauvres trouvaient refuge dans les boyaux désaffectés. Dès qu'une station était condamnée, et a fortiori une ligne de métro, la zone était rapidement désertée puis envahie par les SDF, les nones, les Otros et tous les bannis de la société. L'occupation de ces territoires ne se faisait jamais sans affrontement, aussi, la plupart des domaines devenaient des petits royaumes dotés de leur armée. Sous la surface, la société retournait à la féodalité. Aussitôt que le temple de Kâlî devint propriété privée, la station de métro voisine et le segment de ligne qui passait en dessous furent abandonnés dès l'instant où il n'y avait plus rien à visiter et que le propriétaire ne souhaitait pas être dérangé. Une clôture infranchissable entourait le parc de la résidence afin d'être à l'abri des touristes et des curieux de toutes sortes.

Les commerces souterrains fermèrent boutique et peu à peu tout le sous-sol fut squatté par les occupants de l'ombre. Mais il ne fut pas possible de condamner les tunnels, car les services techniques continuaient de servir la ville et le temple. Il était donc aisé pour les partisans d'Afsânè de construire un centre de communication pour Synths.

Ces derniers avaient accru leur compétence en matière de conduits x2-plasmique à force de tisser des trames en tous sens et de toutes dimensions. La technique était utilisée pour le métro mésopotamien pour relier entre elles des tronçons séparés, pour creuser de nouvelles galeries, pour les aménager en transportant directement sur place les équipes adéquates avec tous leurs instruments d'un point à l'autre de Terra sans passer ni par des tunnels, ni par voie aérienne, ni par tout autre moyen. En sautant dans le temps les déplacements devenaient indétectables, car chaque cône spatio-temporel était disjoint entre eux.

Ainsi, à l'insu de Kâlîma, une extension cérébrale avait été déployée pratiquement sous ses pieds pour que Mélange puisse garder le contact avec les siens, leurs ordinateurs. Quelques retransmetteurs-brouilleurs largués dans le parc suffirent à amplifier et camoufler les informations transmises entre les deux cerveaux de la Synth en passant uniquement par l'extrémité de ses doigts. Grâce à cela, Mélange n'était donc pas seule, même si son cerveau était beaucoup plus autonome que celui des premiers Synths, car elle pouvait se débrouiller plus facilement et sans souffrir de claustrophobie mentale.

Mais Kâlîma aussi avait son territoire souterrain. Son défunt époux y avait construit sa tanière secrètement reliée aux anciennes galeries. Se doutant qu'elles risquaient à tout instant de réveiller la curiosité des squatters, explorateurs et autres fouineurs, l'accès était bien dérobé à leurs regards. Il avait fait creuser un ascenseur qui descendait directement du temple dans cet abri qui offrait une issue de secours en cas de siège.

L'endroit avait été si bien construit dans le secret que même Afsânè ne s'en était pas rendu compte avant. Ce fut en cherchant une enclave discrète pour loger une extension de cerveau pour Mélange que la pièce fut découverte.

L'intérieur de l'abri de Kâlîma n'avait rien d'un temple dédié à la déesse Kâlî. C'était à la fois un endroit de haute technologie et d'un confort qui ne ressemblait à rien au bâtiment de la surface tant il était à la fois sobre et moderne. La prêtresse avait fait réaménager les lieux selon ses goûts et besoins après avoir balayé les souvenirs prétentieux de son héritage et la mascarade que lui imposait son rôle. Évidemment, tous ceux qui avaient travaillé sur ses améliorations n'étaient plus d'une manière ou d'une autre en mesure de dire ce qu'ils avaient fait ou vu.

L'ascenseur qui y descendait était caché dans une cabine de réfection de la peau. Kâlîma y rentrait au moins une fois par jour pour se refaire une beauté, mais en réalité, le plancher pouvait l'emmener dans les profondeurs de son palace, en traversant l'ancienne métropole souterraine dans une épaisse gaine qui était censée protéger la cage et l'abri des risques nucléaires, bactériologiques et chimiques et des sondages électromagnétiques trop pénétrants.

En bas, elle disposait d'une autre pièce pour se refaire une beauté, car il fallait bien qu'elle justifie ses absences. Or, elle ne pouvait perdre son temps qu'à des soins esthétiques, aussi, l'endroit était aménagé dans le centre de contrôle qui était directement relié à celui du 8G sur Luna. En effet, son bienfaiteur de conjoint défunt ne faisait pas confiance au Réseau dont on pouvait toujours craindre des fuites et du piratage. Il utilisait donc une liaison sécurisée avec le centre des ambassadeurs des Dominants qui servait en quelque sorte de porte dérobée pour accéder incognito au Réseau. Ce système avait l'inconvénient de présenter un décalage de plusieurs secondes qui rendait l'interaction lente, mais elle s'en contentait.

Kâlîma n'était plus membre du 8G, mais personne ne savait que son mari avait créé cette liaison secrète. Elle pouvait ainsi encore accéder à certaines informations, hélas, principalement mondaines, car les autres, plus confidentielles, étaient mieux protégées. Mais les ragots lui suffisaient. Cela lui permettait de suivre à la trace ses terribles ennemis qui trahissaient à leur insu tant d'informations utiles. Des ennemis qu'elle traquerait jusqu'au dernier, car sa haine de l'humanité croissait comme les niveaux hiérarchiques.

Quand elle avait besoin de découvrir d'autres détails sur le Réseau, elle revêtait l'une de ces tenues de « ville ». Selon les lieux qu'elle devait visiter, elle pouvait revêtir sa tenue de ninja pour se fondre dans la nuit, ou l'autre bariolée pour y briller. Un passage secret la conduisait dans la vieille métropole souterraine et là, incognito, elle utilisait l'allinone de l'une de ses victimes pour se renseigner sur le monde extérieur et continuer sa chasse aux puissants de ce monde.

Elle avait constaté un certain remue-ménage ces derniers temps, mais elle croyait que c'était ses ennemis du 8G qui essayaient de l'espionner, ce qui la faisait sourire, car elle savait qu'il était impossible de s'introduire sous son domaine sans qu'elle s'en aperçût.

En fait, les explorateurs d'Afsânè avaient découvert le blockhaus souterrain de Kâlîma et en avaient averti l'impératrice qui avait aussitôt donné les consignes de ne pas y toucher, car toute vibration eût sans doute été immédiatement détectée. L'installation de l'extension cérébrale pour Mélange avait donc dû se faire avec beaucoup de douceur et de nombreux tâtonnements. Sans balises préalables, les calculs pour se déplacer du palais persomésopotamien aux souterrains de Kâlî étaient délicats. Avec une dérivation trop haute, il débouchait dans les caves, trop basse dans l'abri, mais somme toute, relativement bien moins difficile que celle de tisser un conduit d'une étoile à l'autre. Quand la sonde fut correctement installée, la cavité fut agrandie pour y transporter des Synths, qui ensuite, recevraient l'ordinateur en petits éléments. Tout le travail devait être fait en silence et il fallait éviter de faire tomber le moindre outil sur le sol. Enfin, il restait ensuite le plus difficile : acheminer l'énergie pour le cerveau et le refroidir, car l'enceinte même suffisamment élargie était close. Les anciennes galeries qui alimentaient le temple de Kâlî furent raccordées et adaptées pour alimenter le cerveau par induction et pour refroidir les parois par des gaz liquides.

Toutes ces préparations pour rendre indécelables la présence d'une intrusion sous le temple avait pris du temps d'autant plus que seuls les Synths y avaient pris part et que la priorité d'Afsânè restait l'évacuation de Terra, même si elle ne pouvait s'empêcher de protéger les humains de Kâlîma, de ses indiscrets sbires et de ses trop zélés séides.

Mais, la prudente prêtresse n'utilisait pas les moyens conventionnels pour communiquer avec le reste du monde et les allinones « zombies » n'étaient pas les seuls. Aussi, Mélange avait une autre mission que celle d'assister Claire dans son rôle de grande espionne, elle devait découvrir comment communiquait Kâlîma, car il n'y avait pas de doute qu'elle en savait de trop sur le 8G pour ne pas avoir un moyen efficace. Il paraissait évident que la réponse se trouvait dans le blockhaus.

Aussi, lorsque Mélange quitta sa tenue de soubrette pour revêtir son uniforme noir, ce n'était pas pour passer une quelconque nouvelle épreuve servant à prouver son efficacité à Claire ni à impressionner les autres domestiques, c'était pour Afsânè.

Les dernières heures de la nuit sont souvent les plus pénibles pour les Organos. Leur système chronobiologique entraînait souvent une baisse de vigilance à cette période. Or c'était cette période que choisissait Mélange pour se réveiller. Les Synths n'avaient pas de rythme de veille sommeil aussi complexe et impérieux.

Tous les soirs, Mélange se promenait comme une ombre dans la nuit poussant toujours plus loin ses investigations et mémorisant les faits et gestes de toutes la communauté du temple. Kâlîma aussi savait que l'heure des loups commençait aux environs de trois heures du matin.

Rapidement, Mélange avait remarqué que Kâlîma disparaissait à ce moment et pourtant elle ne sortait pas du temple. La Synth fit donc le guet dans la chambre même de la prêtresse. Quoi de plus efficace ? Pas de besoins de poser une caméra cachée, de la piloter à distance, de la récupérer pour ne laisser aucune trace... Mélange n'avait pas les problèmes des espions Organos :

elle pouvait rester des heures entières aussi immobile qu'une statue, et sans le moindre souffle, puisqu'elle ne respirait pas. Elle pouvait se déplacer avec plus de lenteur qu'un maître de Taiji-Quan et plus silencieusement qu'un chasseur amérindien.

Mélange découvrit rapidement que la cabine de réfection de la peau était le passage qui permettait à Kâlîma de disparaître et de quitter son temple incognito. Il lui fallait maintenant découvrir comment s'en servir. Pour cela, la Synth avait emporté, caché sous sa peau, un téléélectroencéphalogramme. Cet appareil mis au point par ses consoeurs infirmières leur permettait de savoir si leurs patients avaient une activité cérébrale normale afin de déterminer s'ils étaient simplement endormis, évanouis, comateux... Mélange comptait s'en servir pour agir pendant le sommeil de Kâlîma en détectant à temps les phases de sommeils où elle risquait de prendre conscience d'une présence étrangère. C'était le meilleur moment pour examiner la chambre de la prêtresse, car quand elle y était présente et qu'elle s'y reposait, personne ne venait la déranger. Cette période était très courte, car Kâlîma utilisait souvent une grande partie de la nuit pour s'éclipser quand tout le monde la croyait endormie, profitant de l'obscurité pour passer inaperçue des nombreux vigiles, gardes et serviteurs qui la protégeaient. Pour réussir à se trouver précisément au bon moment et au bon endroit, Mélange devait parfois s'enfermer 48 heures à l'avance dans la chambre de Kâlîma.

Utiliser l'ascenseur de la cabine de réparation de peau était risqué, car il était fort probable qu'il soit programmé pour détecter toute intrusion. Un lancer de conduit X2-plasmique était tout aussi imprudent tant que l'agencement de l'intérieur du blockhaus restait inconnu.

Après quelques jours et quelques nuits de veille, Mélange finit par trouver la faille. Kâlîma se promenait toujours avec son collier de têtes de morts. La Synth lâcha donc son moustique-espion dans l'un de ces crânes offrant de beaux affûts dans les orbites aveugles. L'insecte artificiel qui s'y logea avait deux capacités remarquables. C'était un capteur volant capable d'enregistrer tout ce que ses « sens » captaient. Puis, dès que sa mémoire était pleine, l'insecte se posait et se transformait un microportail x2-plasmique, ainsi, il pouvait transférer ses enregistrements à travers n'importe quel milieu, et libérer ainsi sa mémoire pour emmagasiner une nouvelle cueillette de données. En restant immobile, le moustique pouvait se comporter en « stéthoscope », car il échangeait suffisamment vite ses observations pour donner l'impression qu'il envoyait « film ».

Le conduit X2-plasmique convoyait aussi l'énergie nécessaire au fonctionnement du moustique qui pouvait séjourner aussi longtemps qu'il le fallait pour relever complètement la topologie des lieux. Mélange découvrit ainsi que Kâlîma pouvait quitter le temple sans que personne s'en rendît compte. Le passage secret débouchait dans un tunnel de maintenance, désaffecté, mais qui contenait encore des relais du Réseau. C'était là que la prêtresse pouvait se connecter discrètement. L'issue qui débouchait dans le métropolitain était dissimulée dans un renfoncement obscur peu engageant. Le sol de toute la partie du couloir avoisinant était en permanence trempé par un liquide visqueux sentant fortement le moisi. Pour arriver à la porte qui fermait le tunnel, il fallait marcher sur des pierres comme pour traverser un gué, une mauvaise pierre pouvait être mortelle, car elle se comportait comme une savonnette et l'on pouvait se fracasser le crâne en tombant à la renverse sur le sol dur et inégal. Le système d'ouverture n'était d'ailleurs pas prévu pour garder le secret, mais pour éviter l'ouverture accidentelle par quelque curieux.

Mais Mélange découvrit autre chose de plus inquiétant. Cette partie correspondait à un vieux réseau privé qui servait uniquement au métropolitain, un réseau qui avait dû servir pour espionner, et cela, à l'insu des Synths. Comment un tel système avait-il pu resté inconnu ? Était-il oublié d'ailleurs?

Chapitre 20.- Une eau si douce

Afsânè supervisait de près le projet Hodos-Ex-Terra. Elle voulait être présente partout autant pour encourager que pour rapidement sentir venir les besoins. Prévoir le nécessaire avant qu'il ne devienne urgence était l'un des rôles d'une impératrice selon sa conception de la tâche.

C'était une chance pour celle qui se devait d'être présente pour son peuple de Perse et de Mésopotamie d'être une Synth, car elle ne souffrait pas des décalages horaires, ni des changements d'atmosphère, ni des variations de pesanteur, alors qu'elle voyageait sans cesse d'Héphaïstos à Terra, en passant par Poséidon, le système Intirayo, Saturne, Luna, sans compter une fois à Jikogu.

Elle avait réussi l'exploit de rendre accueillant, voire agréable, même les stations d'Héphaïstos. En fait, elle avait réalisé qu'elle pouvait prendre plus part au bien-être des migrants dès l'instant où elle avait fini par accepter qu'il était impossible de sauver Terra dans sa totalité. Cette possibilité devint même un devoir après l'invitation à découvrir comment vivaient les colons sur Ariane qui la convainquit qu'il fallait sauver le plus grand nombre possible d'humains, certes, mais dans les meilleures conditions.

Ce nouvel « objectif » contribua au développement de chaque planète qui en même temps participait à l'amélioration des autres. Ainsi, l'invivable planète volcanique était dotée maintenant d'une gigantesque lune artificielle en forme de cylindre tournant rapidement sur son axe pour établir une gravitation équivalente à celle de Terra.

Si la planète volcanique fournissait les structures métalliques, il manquait néanmoins aux habitants de la Nouvelle Lune de plus en plus d'eau pour permettre les recyclages biologiques. Les géologues de Poséidon avaient estimé que leur planète pouvait troquer de l'eau contre de la terre afin de créer petit à petit une île puis un continent même minuscule. Si la monnaie avait disparu, le troc écologique était méticuleusement mesuré. Tout échange interplanétaire devait maintenir un certain équilibre des ressources sur chaque monde. Ainsi, toute plante donnée d'un endroit à un autre imposait d'en récupérer des semences ou au moins des déchets pour le compost. Ce raisonnement s'appliquait à tous les commerces.

Comme les Héphaïstociens ne pouvaient pas fournir suffisamment de terre à eux seuls, c'était les habitants de Chica qui les aidait. Ces derniers avaient transformé les mers de sable mouvant en lac d'eau claire qui se peuplèrent rapidement d'une nouvelle vie. Les sédiments étaient alors envoyés vers la planète océan. Petit à petit, tous les mondes s'entraidaient dans leur terraformation réciproque, et chacun d'entre eux y gagnait.

Seul Hôdo et ses deux lunes ne semblaient pas participer à ces échanges. Mais en fait, les deux lunes étaient le territoire des Synths, pauvres en ressources, mais qui offrait peut-être mieux : les « anges gardiens » eux-mêmes.

Quant à Hôdo, les habitants avaient décidé depuis longtemps de ne pas faire de terraformation forcée, car la vie était déjà présente à leur arrivée. Les déserts étaient restés majoritaires et les espaces habitables ne pouvaient accepter une grande densité de population. Mais, comme la population y avait développé une grande société exemplaire pour les autres mondes, la planète était devenue la capitale. On y trouvait tout le savoir de Terra, et surtout, avec l'aide des Synths, tous les traitements médicaux du vaste empire spatial d'Afsânè. Hôdo était en quelque sorte la bibliothèque d'Alexandrie, mais aussi le lieu de repos et de cure aussi bien psychique que physique de tous aux seules conditions de respecter la charte de Hôdo, de participer à la vie commune pendant le séjour et de ne pas tenter de s'incruster avant d'être accueilli.

Hôdo s'était dotée d'une âme d'hospitalier, et non seulement, soignait sur ses propres terres, mais aussi envoyait régulièrement de l'assistance technique sur place quand il fallait des volontaires.

Les conduits x2-plasmiques de Synths opéraient des merveilles. Non seulement chaque colonie se sentait proche des autres, mais le transfert de matériel était très optimisé comme c'était déjà le cas entre Chica et Poséidon.

Même Jikogu commençait à participer aux échanges. À l'exception de cette dernière, les colons pouvaient aller n'importe où, et même un retour sur Terra était devenu envisageable, car le processus de migration était beaucoup trop avancé pour continuer à rester discret. Mais le cas ne s'était jamais produit, car comme pour la création de Hôdo, les colons avaient été choisis pour leur adaptabilité. Les rares cas de personnalités douteuses étaient en permanence surveillée par les Synths sous la demande expresse d'Afsânè qui redoutait plus qu'avant des collusions avec le 8G ou la secte de Kâlî depuis qu'elle avait appris qu'un réseau avait pu rester complètement inconnu.

Aussi, les Synths s'arrangeaient pour conserver un seul lien obligatoire entre le système solaire et les nouvelles Terres. Ce seul conduit reliait deux domaines bien contrôlés : Saturne et Diana. De plus, les conduits qui arrivaient vers cette dernière venant des autres planètes étaient destinés uniquement au transport individuel. Il était ainsi impossible de cacher quelqu'un dans un sarcophage. Les conduits-cargo qui permettaient le transfert d'astrolab et à l'intérieur offraient de nombreuses cachettes, donc quelqu'un à la solde de 8G ou de Kâlîma pouvait réussir à s'infiltrer au-delà de Hôdo, mais il lui était pratiquement impossible de revenir sur Terra en se cachant. Et même ainsi c'était difficile, car les astrolabs navettes entre Terra et Hôdo n'étaient plus que d'énormes cylindres réduits à la plus simple coque où s'entassaient des passagers enveloppés par les cocons de Jikogu. Au retour, ce n'était plus qu'un vaste tube vide et sans recoins. Pour retourner incognito sur Terra il était impossible de le faire en sarcophage, car si seuls les Synths savaient manipuler ces conduits, c'était encore eux qui s'occupaient de leur monitorage des sarcophages. De plus, il était devenu mal aisé de passer inaperçu dans la banlieue de Saturne depuis que Luna ne produisait plus de matériel, et qu'il n'y avait plus de nouvelle structure spatiale créée dans le système Sol. Comme Afsânè l'avait promis, les cyborgs de Luna avaient rejoint leur nouveau monde sur Chica.

Cette planète était celle de toutes les espèces et la majorité des Otros y vivaient. La quasi-totalité avait évacué Terra au cours des diverses missions qui leur avaient été confiées. Aucun Organos n'aurait eu l'impudeur de dire qu'ils avaient pris la place de l'un des leurs, car la plupart du temps c'était grâce à ces bannis que tant d'humains arrivaient non seulement à quitter leur misère, mais aussi à trouver un hébergement plus décent et une vie plus honorable et motivante sur leur monde d'accueil.

C'était en effet les Otros qui s'occupaient du convoyage et des opérations les plus difficiles d'habilitation des colonies. C'était grâce à eux, même s'il semblait utopique de construire un continent, que les Poséidons s'étaient mis à rêver de construire une île qui symboliserait la terre ferme. En effet, à l'inverse, les Chicons s'étaient mis en tête de créer du relief avec des plans d'eau en vidant les vallées encaissées dans une mer qu'il creuserait. Le premier plan d'eau fut symboliquement créé dans la vallée qui hébergea les premiers Synths.

S'il était relativement facile de remplir un haut cratère sous-marin de Poséidon, il était beaucoup plus difficile de creuser Chica à cause des possibles trouvailles archéologiques. Les sites choisis n'étaient pas des cuvettes complètement dépourvues de relief. Des roches émergeaient du sable comme des îlots dans un décor de jardin zen.

Pour éviter de se comporter comme un éléphant dans un magasin de porcelaine, les habitants décidèrent de ne créer que des structures suspendues au-dessus de la zone de déblayage. Un ensemble de petits aspirateurs pompaient les sables mouvants dans des tamis qui filtraient la présence d'éventuels restes de la civilisation précédente. En dernier, une analyse biochimique essayait de relever toute trace de vie ou de toxicité. Contre toute attente, l'eau était anormalement douce. Les Chicons avaient pensé dans un premier temps qu'il s'agissait essentiellement d'eau de pluie. Mais en fait, le sol lui se révélait très salin. En analysant les traces de vie, ils découvrirent qu'une sorte de bactérie se nourrissait de sel. Plus précisément, elle le stockait dans des espèces de vacuoles. En fait, ces microbes en absorbaient jusqu'à une certaine quantité, au-delà de laquelle une mitose donnait naissance à une paire de cellules. Personne ne voyait l'usage que ces microbes en tiraient. Même à leur mort, ils ne restituaient pas le sel qui restait emprisonné dans une poche chitineuse. Toute l'eau de Chica était peuplée par cette bactérie qui avait un rôle dans la stabilisation des sables mouvants.

— Ce fut une découverte capitale pour Poséidon, commenta la nymphe. Maintenant, nous avons plein d'eau douce dans ces réservoirs.

Ceux-ci étaient construits au centre d'une réunion d'astrolabs pour éviter de contaminer la mer si une bactérie mangeuse de sel avait survécu à la stérilisation. Cela permettait d'accroître les réserves obtenues avec l'eau de pluie et de diminuer les coûteuses techniques de distillation.

— Mmm ! grogna son compagnon. Je hais l'eau. Certes, plus l'eau salée que l'eau douce... mais je hais l'eau...

— Je le sais, répondit la femme à l'homme qui venait de s'exprimer et qui ressemblait à une grosse baudruche. N'empêche, tu es si mignon comme ça.

— Ne te moque pas de moi. Tu sais que ce scaphandre me protège non seulement de la noyade, mais aussi de la corrosion.

— Je ne me moque pas de toi, tu le sais.

— Mais si, mais si ! Et j'en suis heureux, d'ailleurs. Cela fait trente ans que nous travaillons ensemble et tu arrives enfin à sourire, à jouer et à ne plus être si timide. Peut-être qu'en retour, toi, tu m'as apporté de la sérénité en contrepartie. Un peu de paix intérieure. Une longue, très longue tâche...

Mago Dioz et la nymphe bavardaient peu, juste parfois quelques mots pour se détendre pendant leurs longues activités ou pour briser un silence devenu trop pesant. Ils se connaissaient bien avant que l'on ne parle de la catastrophe qui s'avançait lentement vers le système solaire.

Et cela faisait déjà depuis si longtemps que le Père des cyborgs et la Mère des nymphes oeuvraient pour le projet Hodos-Ex-Terra d'Afsânè. Ces derniers temps, ils faisaient la navette entre « leur » monde, Chica, et celui des marins. Ils étaient devenus des x2-nautes comme on désignait ceux qui convoyaient personnes et matériel dans les conduits x2-plasmiques. Rares étaient ceux qui ne furent pas des Synths pour accomplir cette tâche.

Même si le voyage en soi ne durait que quelques instants, la préparation du voyage les conduisait à passer beaucoup de temps seul ensemble. Ils avaient décidé de faire équipe depuis que la station lunaire avait été définitivement abandonnée par les cyborgs à quelques Synths qui en assuraient une maintenance minimum.

Les nymphes s'étaient stabilisées et leur génération n'était plus anarchique. Par contre, il n'y avait plus eu de naissances depuis des années et l'on vint à supposer qu'elles ne se produisaient qu'à la mort de l'une des femmes végétales comme ce fut le cas pour la première et unique génération. Peu à peu, toutes les nymphes acquirent un nom. Des noms de plantes. Seule la doyenne n'en avait pas reçu. Tout le monde l'appelait la Mère des nymphes, sauf Mago Dioz, pour qui elle était « ma nymphe ».

Par analogie, lui s'était surnommé le Père des cyborgs parce qu'il était leur représentant au conseil de Hôdo. Pourtant, lui au moins avait un vrai nom, une identité. En fait, on le lui avait dépossédé comme tous les cyborgs qui avaient tous « OZ » dans leur nouveau nom, car c'était ainsi que les désignaient les médecins qui s'occupaient d'eux. Ainsi il était possible de trouver Jean-Pierre OZ, soudeur d'OZ... Le surnom de « Mago Dioz » avait été donné au cours de sa fuite, et c'était devenu un titre pour les siens. Il était en quelque sorte leur mage, le représentant des OZ. Qu'importe, puisque de toute manière, leurs descendants, s'ils en avaient seraient comme les Organos. Les nymphes en étaient à leur première génération, les Cyborgs, eux, à leur dernière.

— Tu sais, j'ai bien réfléchi. Je souhaite avoir un nom aussi.

— Ah ? Tu veux que je t'en choisisse un, ma nymphe ?

— Non, je le choisirai moi-même.

— Je présume que tu as déjà une idée...

— Oui, Ginkgo Nymphéa.

— Ginko ? Nymphéa ? Pourquoi ?

— Parce que cet arbre est préhistorique sur Terra et qu'il a résisté à plein de catastrophes et qu'il symbolise la prospérité... Mais tu pourras encore m'appeler « ma nymphe » si tu préfères. C'est d'ailleurs pour te faire plaisir que j'ai ajouté « nymphéa ». Savais-tu que c'était une plante sacrée sur Terra ?

Ils se remirent silencieusement à aspirer l'eau de Poséidon dans des astrolabs prévus à cet effet. Ceux-ci étaient partagés en deux compartiments. Une toute petite partie comprenait tout l'équipement pour la mission et deux pièces pouvant assurer chacune une autonomie de survie pendant un mois. Elles étaient identiques et servaient d'appartements individuels bien que le couple ne séparait pratiquement que pour dormir. Tout le reste de l'astrolab contenait deux réservoirs. L'un stockait de l'eau ou un mélange de sable et d'argile, l'autre transportait des roches et toute sorte de marchandises.

Tous ces échanges patiemment réalisés par Mago Dioz et Ginko Nymphéa contribuaient à la transformation de chaque monde.

Ariane reproduisait dans un anneau toute une géologie semblable à Terra où des bassins maritimes s'enrichissaient de poissons de mer, ce qui permettait la sauvegarde des espèces aquatiques de leur monde d'origine, chose impossible à réaliser sur les autres planètes qui avaient déjà leur vie.

Le sol basaltique d'Héphaïstos fournissait des roches pour consolider les constructions de la plate-forme continentale de Poséidon faites avec le sable et l'argile de Chica.

L'eau rendait agréable la vie dans les satellites d'Héphaïstos qui s'étaient multipliés.

Et Chica, elle-même... Ils étaient fiers, le cyborg et la nymphe, d'y retourner quand ils avaient besoin de se reposer de leurs voyages incessants.

Leur demeure se trouvait maintenant dans un village appelé Shao-Lin parce qu'il avait réuni pas mal d'immigrants du grand empire du Milieu et que de toutes les cités, c'était la première qui prit une allure de terrain boisé. Ce nom qui voulait dire jeune forêt était un hommage à l'une des Mères de Hôdo, Cheng-Yi Wu, l'Unificatrice. Quel endroit plus approprié pour les nymphes qui sans être des dryades, adorait le calme de la nature avec ses montagnes et ses cours d'eau ! En cet endroit se trouvait le plus grand lac, un travail titanesque, dans lequel étaient parsemés des îlots « abandonnés » à la végétation qui s'y développait.

L'eau était moins présente sur cette planète, et pour cause elle était en grande partie en orbite et formait l'anneau de glace. Les études semblaient indiquer que Chica devait avoir un seul océan important avant le cataclysme et que ce fut lui qui absorba le choc de la collision qui était tangentiel. Il est même probable qu'une partie de ce précieux liquide ait été intercepté par la planète voisine Hôdo. Cristal pourrait même en être le résultat. Les simulateurs indiquaient qu'une tempête de boue avait dû suivre l'impact. L'érosion avait donc été modifiée, les eaux étaient devenues souterraines ne permettant plus une évaporation qui engendrait la pluie, la neige et donc les rivières creusant des sillons puis des vallées. Toute l'eau de la planète était fractionnée en une multitude de nappes phréatiques ou dans d'étranges sables mouvants encaissés dans des vallées qui, toutes, n'avaient pas les microbes mangeurs de sel. Au fur et à mesure que l'on descendait en altitude, les lacs de sable devenaient de plus en plus gigantesques, mais il était impossible d'en déduire le niveau de la mer quand elle existait. L'exploration n'était plus une priorité depuis que Chicon participait à hébergement des terriens.

— Halte ! nous venons de découvrir des traces d'ADN inconnu, cria quelqu'un.

La nouvelle était importante, car depuis la découverte de vestiges de civilisation, tous les humains s'étaient mis en quête de trouver d'autres traces et surtout des indications sur la vie pré apocalyptique.

Mago Dioz et Ginko ne restaient jamais inactifs chez eux. Quand ils se reposaient, ils travaillaient à embellir leur univers. Le cyborg s'était relevé d'un bond en entendant l'annonce. Trop brusquement ! L'irrégularité du sol de l'îlot qu'il inspectait le fit perdre l'équilibre, et battant des bras il tomba à la renverse dans le lac.

Sur Poséidon, il avait l'habitude d'être en combinaison flottante, car l'eau était partout, mais sur Chica, sa planète, il aimait se mettre toujours à l'aise, parfois même nu, si cela avait un sens pour lui dont toute la chair était recouverte d'une armure. Mais il avait l'impression d'être moins ridicule en boîte à conserve qu'en baudruche.

Les cyborgs de Terra n'avaient pas profité des progrès hôdons pour les prothèses, d'ailleurs le but de leurs « créateurs » n'était pas la récupération d'une vie, d'une intelligence, mais seulement la fabrication d'une machine dotée d'un cerveau organique. Aussi, Mago Dioz coula à pic dans le lac, heureusement dans une partie complètement draguée.

Il ferma les yeux et attendait le moment horrible où ses poumons saturés de gaz carbonique le pousseraient à aspirer le liquide. Son coeur devait battre la chamade. Soudain, il se rendit compte qu'il n'en était rien. Il réalisa alors que son coeur avait repris son rythme artificiel contrôlé par une horloge qui était indépendante de ses états d'âme. Souvent, il s'en était déjà aperçu quand il était ému par quelque évènement, mais cette fois-ci, il en était même horriblement conscient. Son coeur continuait à battre comme s'il ne manquait pas d'oxygène, comme s'il était immortel. C'était absurde, son cerveau mourrait asphyxié.

Ginko, qui n'était jamais loin de son coéquipier, réagit aussitôt comme si elle s'était préparée à cette éventualité. Elle courut vers un tas de galets qu'elle avait amassés patiemment à chaque point de travail comme s'il s'agissait d'un point d'ancrage. Rapidement, elle empocha quelques cailloux dans sa tunique munie de grandes poches. Puis, elle se jeta à l'eau, et se dirigea rapidement vers son compagnon qui gisait dans sur un rebord peu profond. Aussi vite qu'elle le pouvait, elle le rejoignit, lui passa un harnais autour de sa poitrine et de la sienne, vida ses poches qui servaient de lest et actionna le gonflage automatique d'une bouée fixée une sangle.

La nymphe ramena péniblement Mago Dioz à la surface, il était si lourd en dehors de l'eau. Elle se pencha sur lui. Son mécanisme artificiel l'avait empêché de mourir et déjà il se remit à respirer.

Il écarquille les yeux. Instinctivement comme pour se raccrocher à la vie, il agrippa aussi délicatement que possible, compte tenu de sa force « naturelle », sa fragile sauveteuse.

« Tu nous as toujours protégés, moi et mes soeurs, il était normal que je vienne à ton secours. » répondit-elle à ses remerciements tout en se redressant. La poigne du cyborg n'avait pas lâché sa main et la força à s'asseoir à ses côtés.

Curieusement, la nymphe prit un teint jaunâtre et murmura :

— Dis-moi, quel sentiment as-tu pour moi ?

— Je ne sais pas, tu es la seule personne que j'aime, répondit-il sans hésiter.

— Tu n'aimes personne ? s'étonna-t-elle.

— Ce n'est pas ce que je veux dire, c'est que toi tu es... C'est idiot n'est-ce pas ? Tu es comme un amour. Je ne sais pas, mes sentiments sont embrouillés et physiquement je suis altéré, car mon organisme dégage plus d'adrénaline quand je pense à toi comme tu m'obliges à le faire maintenant. Je crois que c'est de l'amour. Je suis désolé.

— Ne le sois pas, au contraire, j'ai tant besoin de toi. Je ... je suis une femme. Une femme étrange, car mon organisme a été végétalisé, mais je suis restée femme.

Elle n'osa pas terminer.

— Je regrette de ne pas l'avoir compris plus tôt, avoua Mago en se levant. Moi, je ne suis plus tout à fait un homme. Et ma peau n'a presque plus de chair. Tes caresses n'effleureront souvent que métal, du plastique et des matériaux composites dénués de souffrance et de tendresse.

— Oh si, tu es tendre au fond de toi, et même si les autres ne te considèrent pas comme tel, ce qui est faux, crois-moi, tu es au moins mon homme et le peu de chair qui te reste suffira pour réveiller mes cellules hybrides. J'aimerais tant t'aimer comme une femme.

— Et moi, répondre à ta demande.

Elle se dressa sur la pointe des pieds et embrassa timidement le cyborg. Elle sentit son corps léger s'élever.

Chapitre 21.- Le réseau oublié

— J'ai ouï dire qu'il existait une planète idéale colonisée par des robots. Que pensez-vous d'une telle information ?

— J'ai moi aussi entendu cette rumeur.

— Persistante, faut-il remarquer.

— Oui, mais, avec quelques nuances par rapport à vos informations. Par exemple, j'ai appris de mon côté qu'il s'agirait plutôt d'une planète colonisée par des humains, il y a assez longtemps, et que des robots, appelés Synths, y vivaient ainsi que des mutants, des hybrides, des anomalies de la nature...

— ou des anomalies de labos, ajouta Kâlîma. Et savez-vous qu'ils auraient colonisé d'autres mondes ?

Claire resta impassible, car elle savait combien sa patronne pouvait prêcher le faux pour connaître le vrai. La prêtresse qui connaissait bien son espionne complice n'ignorait pas qu'elle ne glanerait que peu d'information dans l'inexpressive réserve de celle qui, à force, était pourtant devenue sa confidente, son amie. La solitude finit souvent par réunir ceux qui la partagent. Cette dernière était embarrassée par cette amitié qu'il était difficile de partager avec celle d'Afsânè, même si jouer double jeu, et porter plusieurs masques en endossant différentes personnalités ne lui posait pas trop de problèmes. Trahir faisait partie de son métier, mais pas trahir une amitié.... Elle s'y refusait et espérait continuer... loyalement...

Pourtant, elle devait souvent jouer à trahir les projets de l'impératrice pour montrer à la foi sa bonne foi et son efficacité, tout en ne dévoilant jamais trop qui eût pu nuire à la Synth.

Elle décida de contre-attaquer, comme c'était de son caractère :

— Vous croyez à ses histoires, Kâlîma ?

— Oui ! J'ai de très bonnes sources, fiables.

— Je n'en doute pas. J'ai moi aussi obtenu de telles informations en recherchant votre couple de biologistes disparu. Il travaillerait quelque part sur une de ces planètes. Mais je suis saint Thomas, je ne crois que ce que je peux voir et jusqu'à présent je n'ai pas reçu de preuve formelle de l'existence d'un tel système de colonies extrasolaire. Cela me semble être quelque élucubration d'une secte ésotérique dont les membres s'appellent des hôdons.

— Je vois que nous arrivons aux mêmes conclusions et cela me réjouit.

Pourquoi ces questions ? Parce qu'elles prouvaient qu'elle pouvait continuer à faire confiance à son espionne, à son amie ? Était-ce par vanité de vouloir montrer qu'elle, la grande prêtresse de Kâlî, était aussi bien renseignée qu'une pro ? Ou était-ce une manière de bien vérifier qu'elle était digne de partager un nouveau secret qu'elle désirait lui confier ?

Claire suivait Kâlîma dans des couloirs souterrains qu'elle n'avait jamais encore vus. Il s'agissait d'un vieux métro abandonné à cause des inondations fréquentes, mais qui avait été restauré par la riche famille de l'époux de la prêtresse. De gros tuyaux pompaient l'eau qui s'accumulait sous des grilles. Les murs suintaient de partout, un salpêtre cotonneux maculait les parois recouvertes de croûtes verdâtres ou de moisissures lisses comme un jade poli par un fin et perpétuel ruissellement.

Kâlî reprit la conversation :

— Il est vrai que cette légende m'intrigue malgré tout. Je pense qu'il n'y a pas de fumée sans feu et nous savons que derrière chaque légende se cache quelque chose. Le couple de biologistes pourrait très bien être associé d'une manière ou d'une autre à de telles élucubrations. N'ont-elles pas un parfum écologique envoûtant, propre à leur personnalité ?

— Je n'en doute pas un instant. Qu'avez-vous exactement appris, Kâlîma, au sujet de ces Hôdons ?

— Pas grand-chose, si ce n'est qu'il existerait une planète idyllique, Hôdo, mythe que l'on entend souvent chez les astronautes qui se disent les élus d'offices. Ce mythe s'est aussi répandu dans certaines populations comme dans l'armée de bioniques du 8G et dans les peuples des souterrains, là où je recrute l'essentiel de mes fidèles.

— Et comment tes fidèles concilient-ils ces deux concepts ? Ceux d'un paradis possible et d'un enfer incontournable ?

— Tu sais comme moi, combien le cerveau est aveugle quant à ses « croyances ». Même les évidences peuvent être inopérantes quand elles s'opposent aux racines de nos convictions. Un stratège n'essaie pas de gommer une foi, mais il faut lui associer une affinité parasite au sens biologique du terme. Ainsi, pour beaucoup de mes fidèles, je sers Hôdo en combattant ses ennemis. Kâlî fait le ménage en faveur des élus de Hôdo. D'ailleurs, n'est-ce pas le cas ?

C'était là un bel exemple de domination cérébrale : retourner une situation en sa faveur. Toutes les démagogies se basaient sur des croyances exploitées en faveur des dominants... rarement l'inverse. Il y a toujours une croyance adaptée à chaque motivation, et chaque motivation a toujours une valeur qui n'a souvent rien de bien tangible. Ces croyances étaient d'autant plus efficaces qu'elles n'étaient plus fortement ancrées et plus encore si les dominants y croyaient eux-mêmes. Claire se demandait si ce n'était pas le cas de Kâlîma. Kâlîma, la sainte ? Pourquoi pas, tout compte fait ?

— Manipulation... résuma Claire avec un sourire complice de connaisseuse.

— Oui ! Nous sommes tous manipulateurs. Et on cache soigneusement les mécanismes de notre cerveau pour que ce savoir, qui est parfois découvert par le hasard de la vie et que l'on nomme don, ne soit révélé qu'à une minorité, celle des Dominants. Est-ce un don pour toi ? Ou une étude...

— Pour suivre les cours des Beaux Arts, il n'est pas inutile d'avoir le don du coup de crayon.

— Toujours l'image précise, s'esclaffa Kâlîma.

Puis elle continua sans transition :

— Pourquoi ne pas continuer nos recherches au sujet de ce paradis mythique ? Je suis curieuse d'en apprendre plus et cela pourrait peut-être enfin nous conduire vers ces biologistes qui ont disparu sans laisser de traces. D'après vous, ils se seraient évaporés autour de Saturne, pourquoi, donc ? Sont-ils allés créer un monde humainement habitable si loin ? Je sais d'après mes informations que Titan a été habitée, mais avec beaucoup de difficultés. Tenteraient-ils d'en faire quelque chose de plus supportable, ou... Et si c'était seulement un tremplin vers ailleurs ?

— Cela fait si longtemps qu'ils ont disparu. Peut-être sont-ils morts. Kâlîma, croyez-vous vraiment que cela vaille la peine encore de les rechercher ?

— Ou qu'il est temps de tourner nos recherches vers ce Hôdo ?

— Vous rechercheriez donc un paradis perdu ?

— N'est-ce pas ce que nous cherchons tous ?

Claire avait souvent vu cette ombre traverser les yeux de son « amie ». Une ombre si opposée à la certitude froide de la déesse de la destruction, une ombre qui justement rapprochait les deux femmes, une ombre remplie de désespoirs, de déchirement, une ombre...

Déjà Kâlîma l'avait chassée de son esprit et reprit le dialogue.

— J'en avais déjà l'intuition en vous lançant à la recherche de ce couple de biologistes. C'était des génies, c'était les meilleurs, des faiseurs de paradis... Oui, je pense qu'il est temps de chercher plus. Me suivrez-vous ?

— Comme d'habitude.

— Comme un zombie ou comme une amie ?

— Vous aviez déjà choisi la réponse avant de poser la question.

— Claire, comme une amie ou comme une mercenaire ?

Claire ouvrit la bouche, mais les yeux de Kâlîma avaient repris leur lueur démente, en enchaînant :

— Et Chris, que dirait-il d'une promenade vers Titan ?

— Je pense que ça lui changerait de la routine. Il s'ennuie à mourir ces derniers temps.

— Désolé de vous l'enlever si longtemps. Vous n'ignorez pas qu'un voyage vers Titan durera un certain temps. Ne soyez pas triste, mon amie, c'est pour notre bien à tous trois. Il a mieux à faire que de traquer les suppôts du 8G avec une bande de soiffards de sang. Il n'aura pas à supporter mes tentations, ou du moins ce que « tu » imagines en être, car tu es mon amie, n'est-ce pas ? Et même si je peux t'offrir maints amants je ne te force pas à changer le complice de tes jours et de tes nuits. Au-delà de l'amitié, vous êtes mes seules personnes à la fois de confiance et de compétences. J'ai besoin de vous.

Claire avait remarqué l'hésitation sur la première fois qu'elle avait prononcé amie, et puis ce brusque passage au tutoiement.

— Je ne suis pas la Mort à tout va, reprit Kâlîma. Je ne tue que des démons à l'image de Kâlî. Mais la roue doit tourner, la destruction doit être suivie d'une reconstruction.

— C'est pourquoi vous...

— Tu ! Corrigea la prêtresse.

—... tu montres ces passages secrets ?

— Si tu es une amie, il est évident que je te montre certain de mes secrets. Ces couloirs me servent pour sortir du temple incognito. Un jour, cela pourrait être utile s'il fallait fuir un quelconque danger.

— Fuir ? Et si tu devais te cacher ?

— Tu verras. Quand on un tel pouvoir comme celui de feu mon mari, on est très prévoyant et on a les moyens de l'être.

— Mmm, il n'y a jamais eu de fuite ? Les puissants entre eux ne se font pas souvent des cadeaux et ils ont aussi leurs moyens d'espionnage, d'attaques...

Des bruits vinrent de la sortie toute proche.

Claire plus habituée à l'ombre, au danger et à l'esquive capta tout de suite la menace en même temps que quelques bribes de phrases.

— attendons...

— cette vieille folle ... ses tueurs...

— psst !

Ce dernier bruit venait de derrière. Claire se retourna sur le qui-vive.

— C'est moi, Mélange, suivez moi vite.

Les trois femmes se précipitèrent dans un tunnel sans issue. Tout au fond, appuyé sur les éboulis, un sarcophage x2-plasmique les attendait.

— Vas-y la première ! dit la Synth à Claire, tu connais déjà.

Sous les yeux ahuris de Kâlîma, sa « nouvelle » amie disparut.

— À votre tour ! Faites comme elles ! N'ayez pas peur, c'est sans danger, en tout cas moins qu'ici. Vite !

En effet, des pas tout proches résonnèrent déjà dans les couloirs.

Le 8G attaqua. Il n'avait plus de cyborg dans son armée. Ils avaient tous déserté. Mais il y avait tant de gens qui cherchaient un emploi qu'il était facile de recruter des mercenaires même sans invoquer une quelconque bonne cause à défendre. La seule bonne cause était le salaire. La faim prime sur la fin, la plupart du temps.

Au même moment, des troupes de parachutistes investirent le temple de Kâlîma.

Chapitre 22.- Alliances

— Tu ?... Vous !... Où sommes-nous ? demanda Kâlîma

Les expressions de son visage n'affichaient plus des mascarades, mais pour la première fois de vrais sentiments partagés entre l'indignation et la plus totale surprise.

— Nous ne t'avons pas trahi, dit aussitôt Claire qui comprenait le désarroi de la prêtresse.

— Claire n'était pas au courant. J'étais prête à intervenir dès que j'ai découvert ce qui se tramait, expliqua Mélange.

— Le passage... Comment ?

— Mes techniques d'espionnage sont tellement supérieures aux vôtres... Heureusement pour nous tous. Plus tard, je vous expliquerai.

— Je te crois rien qu'en voyant comment je suis arrivée ici. Où sommes-nous ? Comment avons-nous fait ? Qu'avons-nous fait ?

— Nous sommes chez votre meilleure alliée du moment, répondit toujours la Synth qui voyait l'embarras de Claire. Nous avons voyagé dans un tube X2-plasmique que j'avais préparé au cas où nous serions piégés. Une technologie qui vous est complètement étrangère. Mes détecteurs m'ont prévenu...

— Cette alliée ?

225

— L'impératrice Afsânè.

Entre désespoir et colère, Kâlîma jeta un regard interrogateur vers Claire.

— Je n'étais pas au courant de tout ça, je te l'assure, mais je suis sûre que nous sommes effectivement à l'abri chez elle. En quelque sorte, elle combat le même mal que toi avec des moyens différents.

— Oui, je suis au courant de sa folie. Vouloir aider l'humanité ! Quelle futilité ! L'humanité n'a pas besoin d'aide, d'ailleurs elle ne le mérite pas.

— Pourtant, toi et moi, ne nous sommes-nous pas entraidées en permanence ?

— Oui ! Par amitié, par devoir. Tu m'as bien comprise : je parle de l'humanité qui tend les mains pour recevoir sans jamais rien donner en retour, ni compensation, ni reconnaissance, rien... des parasites qui vampirisent les autres — elle chercha un mot pour exprimer son dégoût — vermines, cette humanité qui pense que c'est un devoir qu'on les aide, mais qui n'ont eux-mêmes aucun devoir, cette humanité, je ne veux pas l'aider. Un droit n'est que le résultat d'une négociation dans laquelle souvent, sinon toujours, un devoir y est associé. Le contrat est souvent brisé quand le devoir n'est plus respecté, mais beaucoup d'humains revendiquent l'acquis au-delà de l'accord.

La porte de la pièce s'ouvrit. Afsânè s'introduisit dans la pièce où se trouvaient les trois femmes qui avaient fui le piège de 8G. Elle avait entendu les dernières phrases de son invitée.

— Kâlîma, vous vous êtes révoltée parce que vous étiez humiliée. Est-ce que cela justifie d'exterminer tous les dominants et leurs associés, comme des nuisibles ? Demanda l'impératrice.

— Oui, j'ai souffert d'humiliation et cela m'a permis de comprendre ce que les autres ressentent par l'humiliation. C'est une de formes les plus pernicieuses de la domination. C'est une forme d'écrasement de l'individu en minimisant sa valeur intellectuelle. L'humiliation est féroce, vous n'avez pratiquement aucun bouclier contre, car celui qui veut vous diminuer ne se contentera pas de l'ironie de la moquerie... il pourra vous diffamer en colportant des rumeurs uniquement dans le but de vous discréditer, de faire en sorte que l'on perde confiance en vous. Un homme qui n'a plus la confiance de ses pairs est un homme mort, un zombie social. Nous avons tous besoin d'être reconnus...

L'humiliation, ce n'est pas seulement le résultat d'une défaite au bout d'un combat acharné, c'est le fruit de luttes mesquines, discrètes entre voisins, entre collègues, entre membres d'un groupe quelconque. C'est la gangrène d'une lutte qui ne laisse pas de traces et donc pas de preuves de maltraitance ou de harcèlement.

L'humiliation est, hélas, ce petit détonateur qui va faire qu'un adolescent fragilisé tire sur tout ce qui bouge ou qu'un peuple se révolte contre un autre.

Je comprends et défends tous les méprisés de la planète et j'extermine ceux qui en ont le plus de moyens pour en jouir.

Voyez-vous en les exterminant par des assassins, des étrangleurs discrets et propres, je ne leur laisse aucune possibilité de sauver leur honneur. Ils meurent sans gloire de la main de quelques voyous dont la moitié n'auraient pas trouvé de sens à leur vie, et dont l'autre moitié sont des exclus de la société, rejetés par ces dominants petits ou grands.

Vous êtes une grande dominante, puisque vous êtes une impératrice. Sachez que je hais par-dessus tout la domination par procuration, celle de se soumettre à un dominant pour dominer avec lui. Afsânè, ne comptez donc pas sur moi pour vous flatter ni me soumettre !

— Je ne me fais pas d'illusions, mais je crains que nous n'ayons guère le choix. Je parle de contrat, pas de soumission. Mais avant, développez vos idées. Je veux les connaître.

— Pour mieux me condamner ?

— Pour un meilleur contrat.

— Je n'ai plus rien à dire !

— Vous craignez que je vous juge ? Vous ? Ou craignez-vous une sorte d'« exclusion », vous qui allez toujours à contre-courant autant dans vos faits que dans votre paraître ?

» Je conçois que pour ne pas être exclu, cela impose souvent un mimétisme qui fait que nous voulons ressembler à autrui puisque l'aspect extérieur sert de préambule à toute communication. Alors, la majorité essaie de se conformer à l'image qu'a captée notre cerveau de ces modèles qui sont une résultante statistique de réponses favorables. Parfois, pour dominer ou échapper à une domination, certains choisissent comme vous l'antimimétisme.

» Contre quelle domination vous rebellez-vous ? La domination recouvre la totalité de l'espace vital perçu par la pensée, le sexe, la liberté, le pouvoir réel ou imaginaire, tout. Or ces données perçues sont statistiquement influencées par le nombre, la fréquence et la qualité des messages reçus provoquant en nous des tendances convergentes ou divergentes.

— Les médias, ils ont ce pouvoir ! C'est votre cheval de bataille ? C'est ça ? demanda Kâlîma.

— Oui, entre autres ! La quantité d'information massive diffusée par les médias contribue à déplacer les valeurs acquises par l'expérience « naturelle ». Et comme il y a plus de « moutons » que de rebelles, c'est statistiquement efficace. Ainsi, le mannequin filiforme a pu provoquer de nombreuses anorexies chez les femmes qui étaient imprégnées de ce modèle comme était le modèle de la réussite.

Nous sommes à l'affût de ces désinformations. Nous essayons de prôner l'acceptation de ce que nous sommes. C'est possible, dès qu'il n'y a plus de jugement de valeur morale sur ce que l'on est.

— Même pour une criminelle comme moi ?

— J'ai parlé de ce que l'on est. Ai-je dit quelque chose par rapport à ce que l'on fait de ce que l'on est ?

— Vous ne répondez pas ?

— La vérité des autres, même si elle est inacceptable pour le groupe, dès l'instant où elle existe dans une population, est probablement présente dans chacun des membres et cela dans des proportions similaires à celle du groupe.

» Enfin ! Ici, à part moi, vous n'aurez à tuer personne.

» Et ceci est votre chambre. Mélange, occupez-vous de bien recevoir notre invitée. Claire, suivez-moi !

Depuis que le 8G avait pu limiter les actions de Kâlîma qui mettait en péril leur pouvoir et leur vie, les obligeant à se cantonner sur Luna sans garde cybernétique, ils avaient reconstitué une armée et leur réseau de renseignements. À force, l'émigration massive de l'impératrice renégate se faisait sentir et il devenait difficile de trouver des recrues. Mais ils avaient enfin le temps et les moyens d'examiner ce qu'elle manigançait.

Il est logique que les informations qui montent de la base vers les sommets subissent des pertes. Les chefs ne peuvent avoir la connaissance de chacun de leurs subordonnées. Ils doivent ignorer les détails. En même temps, il est connu de tous les chefs petits ou grands que certains points peuvent être passés sous silence, car la servilité de leur proche collaborateur conduit souvent à l'omission des informations désagréables qui pourraient les mettre de mauvaise humeur. L'un de ces points était l'approche de la masse obscure du système solaire. Il était donc temps de reprendre le contact avec la base pour vérifier que ce qui avait été négligé n'était pas en fait important.

La catastrophe commençait à être irréfutable, mais personne n'en parlait comme s'il s'agissait d'une maladie grave incurable que l'on ne veut pas voir venir avec son cortège de souffrances qui conduira inévitablement à une extinction prématurée. Beaucoup de grands conseillers préféraient profiter du moment présent, car en fait, ils ne jouaient pas à l'autruche. Ils pensaient « rationnellement » que tout a de toute manière une fin.

Des mouvements de panique commençaient à surgir avec leurs prophètes qui annonçaient la fin des temps. Certains prêcheurs disaient que c'était écrit noir sur blanc depuis des lustres dans les textes sacrés et qu'il était plus que temps de se convertir, d'autres, des extra-lucides, prétendaient avoir prédit l'apocalypse qu'ils étaient seuls à avoir vu. Afsânè savait que la majorité d'entre eux n'étaient même pas des charlatans... clair-voyants ! Ils avaient tous leurs points aveugles qui leur faisaient accepter la vérité que leurs neurones révélaient à leur conscience.

Kâlîma un moment renfrognée dans ses quartiers où elles acceptaient avec beaucoup de peine la compagnie de Claire finit par imaginer que ses troupes de la mort auraient une tout autre mission plus « grandiose » : celle d'aider l'apocalypse. En tout cas, seuls ses fidèles ne paniquaient pas.

Petit à petit, avec réticence au départ, la prêtresse découvrait le monde sous terrain de l'impératrice. Elle put

assister au départ des derniers Otros, des êtres plus in-
imaginables que ses tueurs. Elle finissait même par
s'intéresser à celle qui avait créé un moyen de transport
ultra rapide qui, tout compte fait, l'avait tirée des griffes
du 8G.

Tout en restant sceptique et prudente, elle transforma
ses assassins en soldats pour assister Afsânè qui, elle, se
sentait de plus en plus seule. Mélange était la dernière
Synth qui restait pour l'assister dans le pilotage des
conduits x2-plasmiques du système Sol.

Sans l'aide providentielle de Kâlîma, Afsânè aurait eu
toutes les peines du monde à continuer tant bien que mal
à envoyer les « élus » vers Hôdo et les autres mondes
qu'elle avait construits.

Pendant des décennies, tant que les Synths maîtri-
saient les fuites d'information, le secret de l'exode était
bien maintenu. Tant qu'elles brouillaient les renseignements des informateurs et investigateurs, elles étaient à
l'abri du 8G, car le point faible des Dominants qui sont
trop éloigné de la source, c'est qu'ils sont eux-mêmes dé-
pendants des communications qui leur viennent de leur
cour. De plus, beaucoup de ces « reporters » s'étaient retrouvés parti vers de très lointaines destinations à explorer, et à l'instar de Livingstone, avaient décidé de rester
dans l'un de ces nouveaux mondes qui les avaient accueillis.

Afsânè avait prévu un flot migratoire optimum qui devait permettre l'adaptation progressive des planètes et
satellites aux nouveaux venus. Elle avait espéré en envoyer bien plus, mais c'était sans compter toutes les difficultés qu'elle avait dû affronter. Elle avait beau être impératrice et Synth, elle ne pouvait résoudre tous les problèmes.

La situation s'était brusquement aggravée avec l'émigration clandestine. Des milliards de gens essayèrent de trouver un moyen de fuir Terra. Ils cherchaient des solutions et des milliers d'autres, rapace à l'affût de la désespérance, leur proposaient n'importe quoi : des solutions irréalisables ou extrêmement dangereuses. Ce qui surprenait Afsânè qui avait beaucoup de peine à comprendre les Organos sur ce plan, c'était le commerce juteux qui se développait dans ces conditions. Un système solaire entier risquait de disparaître et des gens s'acharnaient à vouloir s'enrichir sur les autres, sur leurs désespoirs.

Dès que les fuites avaient commencé, les découvertes des secrets de l'impératrice s'accéléraient. Afsânè avait dû condamner les conduits qui sortaient de Terra et de Luna pour ne garder qu'un seul dans son palais, car elle était submergée. Elle souffrait de prendre de telles décisions, mais un flux trop rapide provoquerait l'effondrement des jeunes colonies qui s'étaient créées. Elle eût préféré les sauver tous, mais elle ne pouvait pas risquer de les perdre tous.

Qu'importe ses protections, les gens savaient qu'il était possible de quitter le système solaire à partir d'un passage situé dans la banlieue de Saturne, alors, de nombreux « boat people » payèrent des fortunes pour s'y rendre avec de vieilles fusées qui mettaient des années pour faire un voyage des plus incertains. La flotte de l'impératrice était réduite au strict minimum. Presque tous les astronautes avaient rejoint Hôdo. Il ne restait plus qu'une poignée pour piloter un tychodrôme qui continuait à charger les derniers astrolabs remorqués par un milanaute qui essayait tant bien que mal de sauver les naufragés du ciel.

Et ceux qui avaient gagné l'argent de la peur n'avaient même pas honte d'essayer d'acheter l'impératrice persomésopotamienne et son alliée, l'Indienne Kâlîma, qui, avant d'avoir connu sa protectrice, n'auraient pas hésité une seconde à éliminer définitivement ces inopportuns chacals.

Chapitre 23.- Dominants

« Nous exigeons de partir sur Hôdo » avait déclaré d'emblée les six Dominants qui avait enfin obtenu leur entrevue avec Afsânè sans avoir été intercepté par la garde de Kâlîma. Cette planète nous appartient. C'est nous qui l'avons préparée, il y a longtemps déjà pour ce jour, et maintenant, c'est vous qui avez la meilleure part, la planète la plus hospitalière, c'est à nous qu'elle revient.

La prêtresse avait insisté pour participer à cette entrevue et l'impératrice avait accepté en conviant aussi ses deux fidèles compagnes, Claire et Mélange.

Hôdo, pas plus que les autres planètes de l'impératrice, ne permettait pas l'accueil d'une immigration massive. Si le terrain et le climat étaient proches de celui de Terra le long des côtes tropicales, le reste de la planète n'était pas accueillante avec ses différentes zones désertiques de glaces ou de sables. Les régions habitables étaient en fait rares.

Mais, les Dominants ne voulurent pas écouter cet argument. Bien renseignés, ils avaient entendu parler de la Charte de Hôdo et ils savaient qu'il fallait montrer patte blanche pour pouvoir y aller.

Il ne suffisait pas d'avoir fait preuve de bonne volonté, dans son monde précédent, encore fallait-il s'intégrer dans un clan, chose relativement aisée, tant qu'il y avait de la place, mais dès qu'il n'y en avait plus, il fallait en construire une nouvelle cité selon les traditions des hôdons en respectant distance et écologie.

— De quel droit ces gens peuvent m'interdire de me rendre là où je veux, dit l'un des Dominants. Ce monde n'existe que grâce à nous. Ils ne serait pas sans nous...

— J'en doute, vous n'étiez pas encore nés, répondit Afsânè sans l'ombre d'un sourire.

— On dit que vous pratiquiez l'eugénisme en triant à l'avance les habitants de cette planète, avança un autre.

— Non ! ma tâche est d'évacuer le plus grand nombre d'humains. Je donnais priorité au plus grand potentiel, des jeunes en âge de procréer, car cela vidait potentiellement le futur de Terra. Les autres avaient encore tout le temps de vivre heureux sur leur monde jusqu'à la fin de leur vie.

Afsânè était imperméable aux perfidies moralisatrices.

— Comment se fait-il que nous ne fussions pas sur la liste des « jeunes » ? demanda un autre.

— Auriez-vous accepté de tout perdre ?

Elle reprit :

— Je vous respecte, mais j'avais pour mission la sauvegarde de l'espèce. Vous, c'eût été le souci de protéger, voire conforter votre domination et votre opulence. Voilà pourquoi je ne pouvais pas partager avec vous. Vous auriez dévoyé ma mission. Je ne vous déteste pas plus que je vous aime. Je ne considère que votre capacité à créer un nouveau monde. Vous êtes opposée à ce que je pense être incontournable pour réussir. Et vous n'êtes qu'une poignée.

— Qui de nous deux peut parler au nom de l'humanité ? Demanda l'un des membres du 8G, celui qui paraissait le plus écouté par ses paires.

— Alors, qu'avez-vous fait durant ces années pendant lesquelles j'évacuais le plus possible de Terriens ?

— Il suffit ! Nous exigeons...

— Sinon, quoi ? coupa Afsânè.

— Laissons, fit le doyen des Dominants. Nous allons prendre notre destinée en main. Nous connaissons la technologie X2-plasmique. Nous construirons notre propre machine à téléporter.

— C'est impossible, seul notre cerveau peut piloter les conduits que nous avons fabriqués, répliqua la Synth.

— Et si nous déplacions Terra ? proposa le cadet des 8G. Le premier vaisseau n'avait pas de conduit. Faisons que la Terre soit un vaisseau.

Tous les regards se tournèrent vers l'incongruité, qui était énorme même pour Afsânè. Le jeune Dominant continua :

— Créons des générateurs x2-plasmiques qui emporteraient Terra loin d'ici. Nous arriverons bien à trouver un soleil qui nous convienne pour y placer en orbite notre planète. Nous avons encore assez de temps devant nous pour construire cela si nous mettons tous les moyens qui restent.

Afsânè évalua en un instant les avantages d'une telle solution même si elle ne marchait pas : réunir la population de Terra autour d'un seul objectif permettrait un retour à la sérénité.

— Votre projet me séduit, je peux vous aider en apportant toute l'énergie qu'il vous faut. D'ailleurs n'est-ce pas le rôle essentiel de ma fonction en tant que membre du 8G ? Vous aurez tout mon appui.

Elle ne s'attendait pas à un tel dénouement et elle en était satisfaite. Pour elle, il n'y avait plus rien à dire.

— Suivez-moi, Kâlîma ! Quant à vous, Claude et Mélange, ramener les dominants à bon port.

Une fois seules, la prêtresse s'indigna :

— Ils ont raison, vous aussi, êtes une Dominante. De la pire espèce, une démagogue qui derrière des aspects humanistes maîtrisez le plus grand empire de toute l'Humanité.

Tous les humains sont des êtres dominants. C'est logique, pour répondre à l'incertitude de chaque instant à venir ils doivent dominer la situation. Cela les contraint à s'approprier d'outils pour ne pas être obligé de les retrouver à chaque fois qu'ils en ont besoin. Cela les pousse à tout mettre en oeuvre pour avoir confiance à leurs voisins, quitte à les dominer et tant qu'à faire, à les transformer en outils.

Quant à moi, je privilégie la synergie. Toutes les cellules de l'oiseau participent au même envol et sa petite cervelle n'a aucun privilège sur les ailes.

Je suis cette petite cervelle. Il incombe à une impératrice de maintenir les cohérences de son peuple même s'il faut faire évoluer les traditions parce que la nourriture a changé. N'est-ce pas aussi le rôle d'une grande prêtresse ?

— La grande prêtresse ne souhaite pas jouer à l'ange pour être bête. Elle a choisi le rôle du démon. Je vous admire pourtant, surtout cette ataraxie qui vous dépouille de toute angoisse. Il me sera difficile de vous tuer, mais vous êtes un de ces anges gardiens que je dois tuer. Je ne vous ferai pas souffrir.

— Mais pourquoi ? Suis-je votre ennemie ?

— Oui ! vous avez aidé les dominants après les avoir bâillonnés ? Pourquoi ? Pourquoi leurs solutions seraient bonnes maintenant ? Pourquoi ? Il y a trop de pourquoi. Votre jeu n'est pas clair, mais une chose me paraît évidente, vous êtes la plus habile Dominante que j'ai jamais connue.

— Je croyais que vous aviez compris. Je suis une impératrice.

— Justement ! Adieu donc impératrice !

Et elle se jeta sur Afsânè. La lame trancha net la carotide. La mort serait rapide et théoriquement sans douleur. Mais pas une goutte de sang ne gicla du cou de l'impératrice, et la prêtresse pourtant adroite en perdit presque l'équilibre.

La servante de Kâlî recula, à la fois horrifiée et dégoûtée.

— Vous... vous êtes...

Vivement, elle enfonça sa dague dans le ventre de l'impératrice. Comme elle le craignait, le couteau ne rencontra aucun organe et à la place de liquides quelques crépitements en sortirent.

L'impératrice se figea, surprise de sentir ses entrailles abîmées.

— Un robot, s'exclama Kâlîma.

— Non ! une femme synthétique

— Mais vous n'avez rien d'une femme si ce n'est l'apparence externe.

— Non, c'est l'esprit qui en a l'apparence interne. Je suis une femme non organique. Je ne suis pas différente de vous. La conscience est l'interface entre l'existant et l'existence, entre la matière physique et.. autre chose. Et nous sommes toutes deux conscientes.

Chapitre 24.- L'explosion

— Je peux rejoindre Chris maintenant que Kâlîma n'a plus besoin de mes services et qu'elle s'est calmée vis-à-vis de vous ?

— Oui, Claire, partez sur Hôdo. Que votre seconde vie soit heureuse ! Vous l'avez bien mérité.

Seule Mélange resta sur la base de Saturne dans l'un des astrolabs navettes en orbite pour piloter le conduit X2-plasmique qui reliait encore les systèmes Sol et Inti-rayo.

Afsânè se sentait vraiment seule. De tout son entourage, il ne restait plus que Kâlîma qui timidement avait essayé de renouer le dialogue :

— Alors, votre sérénité ? Elle était due à votre « synthétisme » ?

— Nous avons été fabriqués sans agressivité, avait répondu l'impératrice qui ne semblait pas garder ni rancune, ni méfiance, ni peine... Cela entraîne non seulement l'absence de colère, mais aussi le non-désir de domination. Cela ne nous empêche pas de faire tout ce qui est en notre pouvoir pour mener à bien nos projets. Mais toujours en essayant de respecter toute forme d'intelligence impliquée par sa réalisation.

» Notre logique nous évite de diviniser notre comportement. Les hommes souvent se croient bêtement anges.

Certains profitent de leur statut angélique pour dominer sur des groupes qui renverseront d'autres dominants diaboliquement représentés cette fois. Même les anges de la mort, comme vous, ne restez que des êtres organiques. Rien de plus, rien de moins. Ne prenez pas ombrage, il n'y a pas de honte à être organique ou synthétique. Ni honte, ni fierté d'ailleurs. Par contre, se croire divin ou élu d'un dieu, c'est mentir éhontément à soi ou à autrui.

— Pourquoi sommes-nous si proches dans notre différence ? Dire que j'aurais pu être Robin des bois et ma légende aurait amusé les enfants... J'ai préféré être à l'image de Kâlî, non parce que c'est une déesse, mais parce qu'elle est moins hypocrite que celle qui consiste à se croire inspiré par Dieu.

— Je ne voulais pas être une héroïne. Je me devais de sauver l'humanité sinon mon existence même n'aurait pas de sens. Il n'y a rien de divin dans ce que je fais, même si au bout, il y a une énorme question sans réponse : pourquoi tout « ça » ? Ce n'est pas possible un tel gâchis... C'est illogique !

— Pourtant, combien de spermatozoïdes sont gâchés pour un seul oeuf fécondé ? Ce n'est pas à nous de le décider du futur de l'Univers. Notre espèce est peut-être une « tentative » vouée à l'échec.

— C'est vous, l'exterminatrice, qui parlez ainsi ! Votre regard s'est porté sur les spermatozoïdes morts, pas sur l'oeuf vivant. Pour moi, Hôdo, c'est cet oeuf.

Kâlima haussa les épaules.

Il leur arrivait souvent de passer le temps en discutant tout en regardant les étoiles. Le palais était vide. Avant les derniers départs, Afsânè avait fait déménager sa chambre, ainsi que celle de la prêtresse, sa dernière dame accompagnatrice, dans les plus hautes pièces du palais, là où elles pouvaient contempler la ville dépeuplée et le ciel menaçant.

Dans un certain sens, c'était bien que les Dominants aient repris la suite du projet, car elle n'avait plus les moyens de s'occuper de tous les conduits X2-plasmiques. Maintenant, elle avait le temps de se consacrer pleinement à fournir toute l'énergie adéquate pour construire le supergénérateur x3-plasmique.

— Sur Hôdo, vous n'auriez pas de démons à combattre si ce n'est que ceux-là, déclara un jour l'impératrice en pointant le coeur de Kâlîma.

— Je n'aurais donc rien à y faire et je doute d'ailleurs qu'on m'y accepte.

Afsânè racontait sans se lasser des mérites de sa planète. La société, la politique y était plus centrée sur la vie et la survie, sur la synergie plutôt que sur la prise de pouvoir. L'éducation était axée sur l'harmonie, la créativité et la maîtrise, et non pas sur la compétition qui n'était mise à l'honneur que dans certains jeux. Quant à l'économie, elle servait à gérer les ressources naturelles avant tout.

Afsânè parlait du phénomène du « libre » quand soudain une toute petite météorite frappa la planète provoquant un raz de marée accompagné de violents ouragans. Elle était pourtant petite, mais à la vitesse de 0,9c elle eut l'effet d'une bombe de plusieurs mégatonnes. Du coup la population de Terra compris la menace qui pesait sur le système.

Un vent pire que celui créé dans l'atmosphère déferla : le vent de la panique. Trop d'empressements accompagnés de trop d'erreurs provoquèrent la catastrophe. Le supergénérateur de Mazatlán s'emballa. Un morceau énorme de la planète fut soustrait de l'espace de simultanéités et projeté en direction du Big Bang.

Un trou gigantesque comme le laisse une cuillère à sorbet dans la glace avait englouti les Amériques dans un néant laissant à nu les plus profondes couches de la croûte terrestre. Les laves, les eaux et les vents s'engouffrèrent dans ce néant qui venait d'être créé presque silencieusement, le bruit de l'explosion ayant été emporté en même temps que l'îlot terrien.

Une série d'ondes se propagea avec violence, des ouragans, des tsunamis et des séismes ébranlèrent la planète entière.

Seuls ceux qui moururent en quelques éternelles minutes de l'autre côté de la planète eurent le temps d'enregistrer dans leur violente fin celle de leur planète.

Un tangage semblait courir de partout sous la surface comme un puissant tremblement de terre. Tout ce qui n'était pas ancré solidement dans le sol tomba littéralement vers le ciel avant de s'effondrer dans une tumultueuse tempête sur un sol qui s'était mis soudain à glisser comme une savonnette.

Afsânè « sue » ce qui était arrivé à l'instant même ou le générateur disparut. Avec sa force elle empoigna Kâlîma éberluée, la porta à bout de bras vers le sarcophage appuyé sur le mur de sa chambre, puis jeta la femme dedans en lui criant :

— Refais ta vie sur Hôdo et souviens-toi de moi.

La prêtresse disparut. L'impératrice eût voulu lui dire tant d'autres choses : lui redonner foi en elle, en l'humanité. Elle aurait voulu, mais il n'y avait pas une seule seconde à perdre.

Juste à temps, l'édifice commençait à trembler puis soudain avec une force inimaginable les vents chargés de débris soufflèrent sur le palais comme sur un château de cartes. Afsânè emportée au milieu des décombres sentait ses membres se désarticuler. Un bloc de pierre la percuta. Elle se mit à pirouetter. Son écharpe s'arracha et monta vers les cieux. Elle regardait avidement le spectacle de la fin du monde. Pas celle qu'elle avait prévu.

Puis, quand elle fut lasse de voir s'effondrer l'astre embrasé qui s'effondrait, elle ferma doucement les yeux, car elle savait qu'elle devrait attendre très très longtemps. Elle ne mourrait ni d'asphyxie, ni de froid...

Une écharpe verte aux reflets rouges flotta.

La rédaction et la composition de ce roman
ont été réalisés sous
LibreOffice.
Les images ont été réalisées avec
The Gimp pour la 2D (couverture...)
et
Blender pour la 3D (androïdes...).

www.ingramcontent.com/pod-product-compliance
Lightning Source LLC
Chambersburg PA
CBHW031452160726
47994CB00005B/2003